以美学，致生活

聂莉 著

To Live
with Aesthetics

南方出版传媒
花城出版社
中国·广州

图书在版编目（CIP）数据

以美学，致生活 / 聂莉著. -- 广州：花城出版社，
2019.5
ISBN 978-7-5360-8889-4

Ⅰ．①以… Ⅱ．①聂… Ⅲ．①随笔－作品集－中国－
当代 Ⅳ．①I267.1

中国版本图书馆CIP数据核字(2019)第069820号

出 版 人：肖延兵
责任编辑：周思仪　周　飞
技术编辑：薛伟民　林佳莹
封面油画：何坚宁

装帧设计：礼孩书衣坊 LI HAI BOOKSTORE bookd@163.net

书　　名	以美学，致生活
	YI MEI XUE，ZHI SHENG HUO
出版发行	花城出版社
	（广州市环市东路水荫路 11 号）
经　　销	全国新华书店
印　　刷	广东新华印刷有限公司
	（广东省佛山市南海区盐步河东中心路 23 号）
开　　本	880 毫米×1230 毫米　32 开
印　　张	7.5　2 插页
字　　数	170,000 字
版　　次	2019 年 5 月第 1 版　2019 年 5 月第 1 次印刷
定　　价	39.80 元

如发现印装质量问题，请直接与印刷厂联系调换。
购书热线：020－37604658　37602954
花城出版社网站：http://www.fcph.com.cn

本书系2017年度广州市哲学社科"十三五"规划委托项目"另一种广州生活方式叙事：传播视域下都市文化空间与市民行为模式互动研究"（2017GZWT26）成果。聂莉作为广州都市文学与都市文化研究基地研究员，同时受基地资助。

目 录

序 一
都市女性写作者的诞生与成长

江 冰

20世纪80年代以来，广州都市女性写作的传统已然形成，中青年学者聂莉的美学随笔《以美学，致生活》恰好是这一传统的延续。从聂莉的作品中，我读到了三种形象——

第一种形象，美学传播者。这个形象是文艺的、优雅的，学富五车，出口成章。对生活、对事物，对这个世界上的事情，她有她自己独特的感受，而且这种感受里闪耀着美学的光芒。美的文字、美的理念、美的形态、美的呈现、美的寻找、美的历程，都是随笔的题材，三句不离美，如影随形。此为新著底色。

第二种形象，有趣的生活家。对生活、对艺术的热爱，甚至对于日常——那些我们可能不经意发现的东西——作者都有种热爱灌注其间。我最早看到这样的一种美学的光芒，是多年前我在《广州文艺》主持《广州人，广州事》专栏时，约她写一篇关于美食的文章，那篇《粤人粤菜与幸福指数》行文中既有对羊城饮食的一种深切介入，同时有一份热爱之情洋溢。那几年我开始接触广州本土文化，对日常特别有兴趣。日常对我来说可能是一种反拨——人到中年以后，从庄严的学问，从堂而皇之的文字堆里走到具有烟火气的民间底层，平添一种动力。来自日常的感动与聂莉的美学观念，两者之间有一种呼应。《治愈的菜市场与疗伤的厨房》即是如此，世俗与文雅、庸常与高洁，在行文中过渡得自然，水到渠成。不由得让人高看一眼。

第三种形象，就是她是一位都市职业女性，或者是都市女性写作者。这个形象颇多纠结与挣扎，文静雅致的文字，常有涟漪化作波澜，花语转为呐喊的景象——我读时不免惊讶，惊讶之余陷入沉思：什么才是内心的声音？优雅文字后面站着什么样的女性？当然，我可以用常见的理论去理解去阐释，比如说都市女性在人格上要求独立，在学问上不愿意做花瓶，对事物的看法要有自己的见解，不愿人云亦云。但是，似乎肤浅，似乎没有抓住聂莉的个性。《终于，与"好看"和解》《美貌是慈眉善目的枷锁》《三十岁女人不愁嫁》或许可以帮助读者找到理解写作者的有效路径。"颜值"与"婚姻"这些女性味十足的话题陡然转为纠结、痛苦与挣扎，自然不是女性泛滥的情绪，聂莉无一丝矫情地将都市职业女性的焦虑尖锐化地表达呈现，并由此超越一般的网络女性文字而具有了时代的典型特征。读了三个学位的聂莉博士，虽然熟悉学术界规则，却并没有被同化被淹没，个性顽强地凸显，有时会与她文静的外表构成一种反差。

中国女性，尤其是都市职业女性，20世纪80年代以来，走过了三四十年历程，她们心智日渐成熟和强大，但内心多有纠结冲突。我看重聂莉随笔中，真挚坦诚地表达出此类纠结与挣扎，这一心路历程因为与自己的人生息息相关，从而焕发出别具风采的精神风貌。当然，聂莉这样一个富有理性的女学者，她有自己的禁忌、自己的尺度，所以她的随笔往往是文雅不逾矩，总体的风格偏于传统中庸，少有冷峻，偶尔尖锐。字里行间弥散文艺小清新，随处可见对于艺术的倾心探索，不掩饰的痴心迷恋，悄无声息地中和与化解着焦虑，犹如实践着人生自我抚慰与治愈疗伤。

我期望在她的文章中会有一些奋不顾身的东西，会有一些把这个世界上所有东西都忘记，然后去追求的一股疯狂劲。但是，似乎时常初有端倪，还未形成泛滥之势，情绪就被她的理性堤坝拦住了。聂莉文章最妙处，可能正是这几股气质的汇合。比如，我在读《二分无赖是扬州》时产生好奇：作者对扬州菜活色生香的表达、出自天工自然的喜悦之情，突然打住，转向美学课堂。是什么念头使她陡然转向？作者到底在写作过程中怀有何种冲动和动机，促使她有时候在文章中会产生不同的面孔，恍若"变脸"，阴晴圆缺，时隐时现？"不腻微酥香味溢，嫣红嫩冻水晶肴"，迅疾转化为风雅如故，诗书遍地。感性的小女子瞬间变身为文化学者，理性渐据上风。

我以为从聂莉的随笔中，可以揣摩中国都市职业女性，或者说年轻女性成长过程中的一些微妙复杂的东西。这些东西如果仔细品味，又可能构成她的美学——生活美学中间的一些有价值的元素，或者说耐人寻味的东西。这或许是聂莉文章的妙处，此间有乾坤。你想得有多远，心有多大，文章就可能有多么宏阔的天地。

聂莉新著《以美学，致生活》还让我感到吸引的地方，就是她对艺术的独到眼光。比如，对姜文电影的偏爱。艺术涵养方面，聂莉无论是作为一个学者、一个爱好者，还是一个探索者，都强过常人。而且在这个强项中表露了一种可贵的艺术敏感与理解力，似乎与生俱来的对艺术的热爱，时常赋予文章奇妙的魅力。这种奇妙的魅力，与美学通，与艺术通。我期望她在未来的写作中不但要延伸，而且要将其发扬光大。至于聂莉的文字，潇洒而美妙，亲切而温馨。一些篇章感性和理性结合得非常好。但是，如何达到上文阐释的奇妙处，写作者还有不懈追求的更高境界。

而"女性自我的决心"，在聂莉的作品中有可贵的表达。对社会、人生与艺术的无限接近，其实就是对人类情感和人性疆域的无限探索，女性自有男性无法取代的优势，我期望聂莉能够保留她的女性角色。聂莉身上已然具有两方面的素质：作为职业女性的果敢、灵敏、干练、大气，以及身为女性的细腻、细致、无微不至。两种体验与气质相得益彰。

祝贺新著，愿聂莉走得更远。

2019年3月于广州琶洲

自 序

平淡中的喜悦、日常中的惊奇、庸常中的有趣

　　人们总是在苦苦追逐长风击浪的快乐，实际上，水下深潜何尝不是生活之海中更为美妙的感受？就像有人以为只有在美术馆、艺术展、舞台上才能欣赏到美，殊不知真正的美学在生活里。

　　在很长一段时间里，在几代国人的成长教育中，学理化、学外语、学才艺……却极少关于审美的教育，更缺乏如何在生活中释放想象力、发现与感受生活之美的学习，人们精神上……一直活得很粗糙。工业社会的机械与残酷，信息时代的去中心与支离破碎，抹去了人们在生活中感受美、追寻美、营造美的兴致与努力。生而为人，为了真正的意义与快乐，我们恰恰需要这种能力。生活美学需要养成，通读一本美学原理或学几样所谓才艺技能是没有用的。直到今天我都很感谢在我还是小女孩的时候，外婆教我一针一线的女红、母亲带我收拾屋舍张罗吃食、帮着父亲种花种菜修剪树枝的教育，热爱生活、体味美好从此成为我永久的人生底色。所以，只要生活着，就一定有滋有味、有情有趣，甚至，有时，与物质不太相干。

生活的美学主题鲜活而有趣，"日子"的质感是对日常的融入与雕琢，以何种姿态融入生活实际上正是一个人存于世的基本审美。对生活之美的认知与体验不会与生俱来，不能强化形成，唯有用心积累。美好往往纷纷扬扬，微小平常，只有迎着光、低下头才能察觉。

在这个生机勃勃充满戏剧性变数的世界里，自认缺乏才华也缺乏建立强大内在体系的定力与耐心。但我也有我的长处与自信，善于生活也许是我最本真的能力吧。而且我发现并不是人人懂得！并不是每一个人都能信手把寻常物件巧妙地变成充满艺术感的摆设，不是谁都可以饶有兴致地发现身边一砖一瓦、一盆一罐的妙处，更不是谁都愿意为"无用"花费宝贵时间……

正是基于这样的"自信"，我的个人公号"生活美学课堂"开了两年多，有一搭没一搭地写，便积下了这些细碎时光，便有了闲话日常、窗下清风、声影芳华与悠游自在四个片段数十篇文字，买菜、下厨、穿衣、电影、旅行、家人、朋友……当然有时也蹭蹭热点，总体向上，甚至喜气洋洋，都是生活中的转念间。

相比于高谈阔论，更愿意随性而诚恳地俯首于日常，与美学遥遥相望、与生活坦诚相对。不说教、不鸡汤、不煽情，无须迎合他人，只想取悦自己。也许仅仅是诉说与独白，但，一切，与美相关、与快乐相系。

特别喜欢凤凰卫视某档节目中的一个环节，叫"转角遇到爱"，总能在严肃话题讨论的间歇中，发现一些温馨动人的小故事：去世母亲的账本，双胞胎姐妹穿着粉红泡泡纱裙庆祝百岁生日……它告诉你：人世间有爱有真情，生活中有美有欢欣。

我希望发现平淡中的喜悦、日常中的惊奇、庸常中的有趣，愿意在所有人都很"上进"的当下，为"无用"花费时间，对抗世事的消磨与恶意。

你不喜欢的每一天不是你的
你仅仅度过了它，无论你过着什么样的
没有喜悦的生活，你都没有生活

你无须去爱，或饮酒或微笑
阳光倒映在水坑里
就足够了，如果它令你愉悦

幸福的人，把他们的快乐
放在微笑的事物里，永远也不会剥夺
属于每一天的、天然的财富

费尔南多·佩索阿的这首小诗就是我所理解的生活。是黑白还是彩色、庸常中能否开出花儿来，也许就在转念间。

闲话日常

乡音韵里话湘粤

粤人的"叹"与"捱"

"叹"在汉语中的本义是叹息、感叹的意思，在粤语里却成了一个奇特的存在：叹茶、叹冷气、叹饮叹食叹世界……粤人嘴里的叹，是很舒服很享受，慢慢品味的意思。如若夸人会生活、懂享受，一句"你真喺识叹！"，生动、生猛，一如粤人本身，简直找不出第二个合适的词来替代。本是一声叹息，粤人把它变成了世俗生活中最最接地气的表达，一个"叹"字，所有的舒服惬意，瘫在柔软沙发里的放松自在，对现世幸福的那种满足，满意地从嘴里吐出一口气时的现场感……要用数十字才能表达出来的感受、感觉跃然而出，精准简练，却又丰富充满张力，"叹下先"，还有什么敌得过这种超然却又实在的生活态度！

方言与生活方式从来都是承载文化的介质，一个"叹"字，是打开粤人独特文化精神与文化心理的密码与钥匙。粤人偏安一隅，一向是山高皇帝远，平民意识深厚，素来不喜欢郑重其事、宏大叙事，他们往往只关心现实，直指实际问题，生活风格偏向感性化，所谓的"生猛鲜活",学者易中天解释为生命力、爆发力、新鲜感与活动性。他们非正统、非规范,往往用感官享受和实惠心理来代替科学抽象,也许思辨性、理论性和历史感不够强,深度也不够,但却真实、生动、易变、敏捷、明快、洒脱、通俗,顺其自然,富有个性,追求趣味性、猎奇性、情节性和形象性,甚至追求刺激,具有强劲的生命力。感性化的思维方式,追求直接的感官享受,也由此滋生出奇特的语言特征与文化景观。

粤人的生活是市井化的、平民化的。市井社会孕育的居民,其文化形象既不是文人学者、绅士,不是军人、官吏、资本家,也不是工人、农民,而是商人、是平民。大量关于粤人品格特征的描绘常常蕴含着一些看上去对立或冲突的特征,粤人"识饮识食识叹"的同时,又很能"捱"。所谓捱,可以理解为吃苦耐劳、勤劳苦干、拼命赚钱致富。一方面粤人爱享乐"叹世界",另一方面又具有这种事业上"捱世界","捱更抵夜",拼命搏杀的性格。拼命地干活,尽情地享受,正是享乐型文化的真实写照。粤人常常将"揾食艰难"这句话挂在嘴边,揾食是谋生的意思。所谓"揾"是"找"的意思,生活是实实在在的,需要艰辛的劳动与付出,"食"是需要极大的辛劳努力去追寻的。而全心地投入付出,自食其力取得收获,揾得不容易,食得当然也理直气壮,就该痛痛快快地去享受。这些至今仍存的文化品格明显区别于中国传统农业社会强调节俭,宁过穷日子的文化心理。

粤人重商、重利、重海、多元等特质与正统儒家重农抑商、重道、重士、一元等,形成相互对照的两极。从粤人社会的最主要形态重商社会来看,远儒性在近代表现尤为突出。被称为岭南三大家之一的屈大均描述明清"粤中处处有市"似乎全民经商的社会现象，透视出粤人的文化心理："儒从商者为数众多"，"广州望县，人多务贾以时逐利"，"无官不贾；且又无贾不官"。这种求财求富心态是粤人的普遍心态，完全有悖儒家正统。司徒尚纪、黄淼章所撰《中国地域文化通览·广东卷》初稿中也指出：明清以来，广东凭外贸优势，大量吸收西方文化，并对传统文化加以改造和再创造，形成广东文化多元并存风格，与儒家文化的距离进一步拉大；战后，大批华侨遍布世界各地也加强了广东文化的外向性，而港澳文化的勃兴和扩张，同样增加了这种文化发展趋势；近代广东文化的精英分子从洪秀全、康梁到孙中山也充分利用广东文化这个特点，宣传、发动形形色色的革命斗争，使广东成为近代中国民主革命的策源地，广东文化的远儒性在其中是发挥了重要作用的。在与传统主流中原文化的比较中，粤人的文化品性表现得很是另类，是一种传统农业社会、封建体制和儒家正统之外的东西，粤人梁启超将其概括为"自外于国中"，不无道理。

广府民系的文化精神和文化心理相互作用、渗透，建构出本地域的文化及其特异于北方文化、江南文化的突出特色，形塑了粤人的生活哲学与文化特质，包括生活方式、生活理念、生活态度在内的独特的日常生活哲学，形成独有的观念文化形式和粤人形象。而文化之于社会风俗、文学、音乐、绘画、建筑、民间艺术等的形塑，这已是更深层面的文化课题。

湘人的"那"与霸蛮

与南粤一岭之隔的潇湘之地，湘水滔天，入诗入画，却地气刚坚、民风强悍。辜鸿铭称湖南人是中国的"苏格兰高地居民"，粗鲁、直率、勤劳但不吝啬。但还是觉得湘人的十二字自评更为接地气也更为贴切：吃得苦、耐得烦、不怕死、霸得蛮！

方言是承载文化的介质，湘人的发语词"那"就是个明证。湖南人只要开口一"那"，脖子即歪，配合一个不屑的表情，立刻显示出自己"叫脑壳"的狠来。湖南俗话说，"话莫讲散哒、伞莫撑开哒，三担牛屎六篾箕"，即是说办实事，不说大话、套话、假话、违心的话，一就是一、二就是二，倔，认死理。

湘人说某某是"打不死的程咬金"，说的就是他坚忍固执，有韧性，耐得烦。曾国藩改奏折，大笔一挥，把"屡战屡败"改为"屡败屡战"，湘人精神与性格跃然纸上，这就是湖湘文化骨子里那种百折不回的品质吧；曾氏讲"挺经"的故事：两个种田人过独木桥，在中间相遇，都不相让，挑着担子挺了一天，真真是湖南人霸蛮的形象写照。这种有胆力有耐力的性格使湖南人敢于挑重担，承得起别人不敢承担的责任，做得出一些别人想都不敢想的事，同时也经得起失败，并把它转化成一种"激素"，退而修养自身，却并不湮灭内心的顽强不屈，是故，湘人往往做大学问、成大事业都靠得住。沈从文也曾说，湘人的办事风格是成功了多半会急流勇退、挂冠而去，如若失败了则必死无疑——这真是一种对自己的

"霸蛮"，刚烈而决绝。

追溯历史，从屈原、周敦颐、王夫之，到陶澍、曾国藩，左宗棠、胡林翼，乃至谭嗣同、蔡锷、章士钊……个个百折千回，一命到底，一生念念不忘、死而后已地执着追求。

湘人对逝于湘水的屈原有着一种强烈的认同感，甚至是负疚感，千百年来化为他们身上的一种天然的道义，一种以天下为己任的人生态度。但同时，湘人也务实，以天下为己任的务实，注重解决现实中的实际问题。从人生价值取向来看，是以政治作为人生的第一要义，追求"治国平天下"；从学术风气来看，注重实际，提倡理论联系实践的作风；而从个人行为来看，湘人更加积极投身于社会实践，有强烈的参政意识。

也有湘人自省，说："湖南人，求其能负气不难，惟性情性厚者难得耳"，特别是长沙人"多油滑"。

这确实也是奇特。荆楚之地，虽不至如南越国山高皇帝远，但自古也是交通不便的闭塞之地，民国时期著名学者钱基博说过："湖南之为省，北阻大江，南薄五岭，西接黔蜀，群苗所萃，盖四塞之国。其地水少而山多，重山叠岭，滩河峻激，而舟车不易为交通。顽石赭土，地质刚坚，而民性多流于倔强。"湘人气质与此自然相关，湘地道家的影响深厚，道家自一开始就对中原儒学有一种天然的抵抗力，考据历史上的道家人物，大都有着一种特立独行的品格，"无所依傍，浩然独往"。这一傲然不群，卓然独立的文化性格，为湖湘文化所继承和光大，成为一种"胆大妄为"的品格。

耐人寻味的是，湘人中不乏固执追念与自省的贤人，"移世而不为世移"的曾国藩当之无愧是其中代表，一生都在讲究修身务实、处世之道。这恰恰是湘人性格的另一面吧。

　　或者可以这样理解，湘人精神气质是一种多重文化基因的组合：一方面湘人精神层面的文化基因来自中原的儒家正统，另一方面其心理层面的文化基因主要又源于南蛮的民性民俗。这是心理文化与精神文化、民俗文化与士人文化、楚蛮文化与中原文化等多重文化的奇妙组合。这些不同文化基因组合的直接结果，就是湘人的精神气质呈现出德性与血气、狂傲与狷守、崇文与尚武、浪漫与实际、虎气与猴气等不同文化人格合于一身，体现出一种两极性文化特质——既相反又相成的奇特文化景观和精神气质。

　　一方水土，一方人，形成一域文化品性的因素固然复杂而多元，值得深入探究，但却无所谓优劣高下，各有各的精彩。粤人重实，湘人重意；粤人讲规则图利益，湘人多情又重义；粤人平和，湘人倔蛮……就如粤人饮食讲究的是原汁原味，一个"鲜"字，重客观；湘人要的是自己的口味，管他什么山珍海味，咸香辣横扫一切，重主观。若把这些特质放在日常生活、文学、艺术、建筑上便会呈现出截然不同的风格与气象。

　　从粤人的"叹"与"捱"到湘人的霸蛮与耐烦，乡音乡情中透出趣味无穷，作为一个在广州生活成长近四十年的湖南人，我想，对此，我还是有点儿体会与发言权的。

粤人粤菜与幸福指数

柴米油盐的庸常是生活的本色，若能在这庸常中品出味儿来是生活的艺术。细细想来，这的确是艺术：从市井街头采买食材开始，吃什么，买什么，做什么，如何做，与时令、天气、心情乃至灵光一现间的关系，简直就是一套微妙的体系，涉及极为复杂的生活知识、日常学问，说它充满创意灵感也不为过。买回来之后的拾掇编排，孰先孰后，那简直就是运筹帷幄了，考验的是时间管理、规划统筹的能力。一个麻利的主妇，可以三下五除二，半小时内为三口之家煮出一顿色香味俱全的三菜一汤来，分分钟是熟练处理食材的功力、时间把握的精准，汤坐上后是先洗菜还是先备料，饭先煮还是最后来，这完全是一出跌宕起伏的厨房交响曲啊！

记得看过一个媒体访谈，当受访者被问到"幸福的家庭有什么共性"时，回答"他们通常是自己做饭的"。主人公很幸福地说："每天中午饭我们都吃得很认真，标配是两菜一汤，一杯小酒……"着实令人羡慕。可见，吃这件事不敢说是过日子的全部，但真真直接关系着人们的幸福感。

煮妇一旦迷上厨艺，一家人的幸福指数骤然飙升。

当辛劳疲惫一天，从电梯出来，未入家门，已闻到家中飘出的香味，进到家中看到在厨房里忙碌着的老婆，于男人而言，应该是很温暖很安心的感觉吧。而家里妈妈手中总是能变出各式好吃的菜式，对孩子而言，无论身体的成长还是心理的健康，应该更是源泉与土壤吧。

学做粤菜要从汤汤水水开始。岭南的夏天当然要清热解毒、健脾消暑，冬瓜薏米煲老鸭、苦瓜黄豆炖排骨、节瓜墨鱼煲猪睜（猪肘），嫌天热老火汤麻烦，滚个丝瓜云耳肉片汤、芥菜咸蛋汤；春天潮湿冷暖不定，祛湿是整整一季的核心，土茯苓煲龟、茨实薏米炖鸡脚、五指毛桃煲老鸡、红萝卜无花果煲生鱼；秋天必须在清润去燥生津上做文章，雪梨南北杏炖猪脤、霸王花蜜枣煲猪肺、青榄炖瘦肉、腐竹白果鲫鱼汤；冬天是滋补的好季节，白萝卜清炖羊肉、莲藕红枣脊骨汤、黄芪党参红枣乌鸡汤……这一煲一盅汤啊，高度浓缩凝聚了粤人对生活的领悟与智慧，看似不经意，食材配伍实际上大有学问。不明就里的北方朋友总也搞不清丰富的一煲汤为什么就不可以随心所欲来搭配，常常喜欢一锅端，哪里知道约定俗成的组合无论是功效还是味道都是代代相传的民间教科书，最最符合生活美学，少一样错一点就不是那煲汤了，西洋菜就是要配脊骨陈肾加上两粒蜜枣，莲藕猪骨汤加上点儿干墨鱼来调味，汤的鲜味立马升华，冬瓜薏米老鸭汤中加上几片上好的陈皮是老广心照不宣的秘诀，生地熟地必须与龙骨配伍，菜干就是要配上猪肺杏仁。瘦肉猪脤乌鸡等原材无论如何配伍一般选择隔水炖，猪骨老鸡等等常常砂锅煲，煲三炖四是传统上对汤的时间要求，因着不够科学，现今已改良。民间智慧润物无声，女儿跟着阿妈，看在眼里记在心上，儿子一口靓汤喝到肚里暖在心上，从此女人好像天然生就一套煲汤好本领，也成就了粤人与生俱来的对家庭生活的态度与要求。不能不说这其中汤汤水水的美学对粤人品性有着社会学意义上的贡献。体味这一切，美妙而有趣。

说到粤菜，不能不提的是清蒸。清蒸看似简单，却实是极为考功夫的，很有技术含量。火候的把握最关键，特别是蒸鱼，一般猛火不超过八分钟，且鱼身尽量预留空间（比如用几根筷子架起）让水汽蒸腾循环足够充分。据说，顺德菜的酒家厨房里有专门只做蒸鱼一道菜的大师傅，火候精准程度是这样衡量的：大师傅对酒家每张台的准确位置烂熟于心，每次蒸鱼要首先问清落单助手点菜客人所坐的准确台号，以便计算好座位与厨房间的距离，从鱼出锅端到客人的桌上，刚刚熟，此刻味鲜肉嫩，为最佳。添一分老了，减一分不足。这种严谨与要求足见粤人对吃的品质讲究到何等夸张的地步！当然，也许家常饮食达不到这样的水准，但清蒸必须趁热享用，原汁原味的清蒸菜，凉了就完全不对味了，吃也要讲火候。对此，我非常认同并遵守，平日里都是计算着家人在回家路上的时间来蒸鱼炒菜，回到家洗手落座菜上桌，刚刚好，这才不辜负与枉费了之前的一番巧功夫。

关于美味佳肴，内容重要，形式同样重要。色香味是一套完整的体系，缺一不可，承载美食的器物，对一道完美佳肴而言太重要了，有时也许食物有小小瑕疵，但美器可以弥补。食物色泽、装盘的美感所带来的审美愉悦构成饮食中不可缺少的一部分。特别欣赏两种餐桌文化：西式餐饮餐桌上的气氛营造，哪怕是很简单、最日常的食物，随便拿个玻璃瓶子插上束鲜花，点一盏灯，感觉马上不一样了；日式料理精致而简洁工整，和式餐具的美感是非常衬托食物的，自有一种禅意。作为器物狂，经年累月，家中的餐具，盆盆罐罐、碗碗碟碟积满了一大堆，什么菜式配什么用具，哪怕是配菜的蘸酱小碟子也不能将就。个人比较偏好质朴古拙的陶器，特别是盛装色泽鲜亮的食物，反显得浓墨重彩，艺术感极强；粤菜清淡，原汁原味，比较适合最简单的细白瓷器皿相配衬；中菜西做可以用西式的浅口大盘子，菜可能做得不一定地道，气势却一下子出来了；曾经试过用日式的描彩浅口汤碗盛红烧肉，自己都被惊艳到。

也去过擅厨的朋友家做客，手艺自然没的说，可惜拿了一套大大小小的不锈钢盘子来装菜，饭碗汤碗几种规格凑起来，零零乱乱一大桌，一班人吃得热热闹闹油光满面。总觉着缺了什么，有点儿可惜，怯生生提了下关于餐具的建议，被大家笑话太矫情。也是啊，好吃就是了。但真的好吃就够了吗？实际上只是稍用心思，略作调整，吃便不仅仅是吃，是口腹与精神的享受了，餐盘上的艺术对得起好食物、不辜负好时光。所以，我不会妥协的。一大家子的年夜饭在父母家搞，掌勺的我提前两天把要用到的各式盘盘碟碟往父母家运，看到我来来回回的身影，老爸说，自家人吃饭不用这么讲究了吧？酒杯我这儿有呀。那怎么行？喝白酒的杯子怎能拿来斟红酒？在烫金帖子上用蝇头小楷写了大年三十的家宴菜单，须泡发处理的干货食材提前备好，高汤提前一日便开始熬煮，新鲜的食材当日兵分几路：让男士们早早去黄沙海鲜市场采购东星斑、虾蟹等，务求生猛，自己与弟媳去市场采办时蔬、鲜肉，母亲在家里把从农家运来养了几天的靓鸡劏好。所用的调料酱材一一排放，每道菜的配料工序默念一遍，用盆用碗还是用碟，如何编排，心中布好局。忙乎几天，最后的呈现如果不美轮美奂，怎么对得起自己的这番心思？是夜，杯盏交错之间，感受到一家人的幸福与满足，而最幸福的人，是我。

广州美女

据说广州无美女。放眼望去，似乎确是不争的事实。

作为美女，自然要养眼。

先说皮肤。岭南地界，气候并不宜人，一年中烈日炎炎潮湿闷热的日子去掉大半，"岭南之地，愆阳所积，暑湿所居。故入粤者，饮食起居之际，不可以不慎"。虽说广州人出了名的识食识叹，汤汤水水一年到头不停歇，吃什么都要先论证此物是否"有益"、是否"湿热"、是否"发物"、是否"寒凉"……然，即便这样，也抗不过水土不养人，黑黑黄黄的蜜色皮肤是大街上的主色调。

再说眉眼，粤人面部轮廓相对硬朗，深目厚唇，并不秀气。

至于身材，高大健硕丰满的少，小巧瘦弱的居多，瘦是真瘦，缺少玲珑的韵致。

可是，如果仅凭听觉，广州又是美女最多的地方。广州城里里外外，上至高雅厅堂，下至街市巷尾，靓女、靓姐、靓姨之声不绝于耳，常让人产生一种幻觉，好一个美女如云的所在！不是说我们没美女吗？好吧，我们自娱自乐，凡是女性皆称靓。女孩子毫无疑问是靓女，年轻师奶为靓姐，资深师奶就是靓姨了，至于年龄不详无法判断者，直接就叫阿靓好了！广州人自有广州人的智慧：人人都是美女，皆大欢喜。叫者自然，听者舒心，没有人为这称谓较真，图个大家开心。广州人善于变通不急不躁的平常心，由此可见一斑。

是的，平常心，正是这座城市的精髓。也接触过天南海北的各色人等，要论平和、家常、低调、现实、淡定，那真要首推广州女人。不事张扬、不咄咄逼人、不矜持，平平淡淡、自自然然、安安稳稳，做好自己的事，经营好自己的家，从不对生活之外的人与物做非分之想，现实世俗，头脑特别清晰，定位特别准确，与她相处基本没有压力。

广州美女凡事以自己舒服为标准，务实精明，穿衣打扮但求舒适，随意自在，在广州街头平底鞋、休闲装扮、素面朝天的是主流，特别是已结了婚的美女。也会花点小心思打扮一下，不会艳光四射，但必定新巧有趣。

广州美女从小就从阿妈那儿学会日常生活的哲学，对时令、温度、湿度变化有着天生的敏锐，一家人的生活起居、汤汤水水的滋补了然于心。广州男人对家的眷恋最直接浓缩到那一碗甜润的老火汤里，阴柔缠绵，那就是广州的母亲、妻子与女儿。

阿娟是地地道道的广州美女，不抢眼不张扬，表面平静柔弱随性，内里很有主见。老公生意做得风生水起，她安安心心做悠闲太太，打理家头细务，看准了基金就买，投资了几处房产。金融危机老公的厂子没有了外单，陷入困境，男人受了打击差点儿一蹶不振。阿娟二话不说，果断卖了房子，基金套了现，缩减开支，做好过苦日子的打算，跟老公说："大不了重头来过！"危机过后，男人心目中她就是主心骨，她却继续乐得做他背后的女人。我常觉着广州美女这细水长流、波澜不惊是大美。

阿菁是广州美女中的佼佼者，年轻时在商场上搏杀，闯出一片天地，衣食无忧。她在感情路上不顺利，不惑之年还是单身一人，她不怨不艾，潇洒得很，背着背包到处旅行。最近从贵州山区收养了一个女孩，天天不亦乐乎地张罗女儿的事情。自主自在、独立自强是广州美女别样的美。

阿霞是家在增城的广州美女，大学毕业两年，在最基层的岗位上勤勤恳恳，周末在华工攻读专业硕士学位。才二十五岁的她对自己的终身大事颇为着急，积极主动让单位的阿姨们帮她介绍合适的结婚对象，还常向我们这些过来人讨教家庭生活之道、孩子的教育之方，真是未雨绸缪。传统、务实、踏实的广州美女真真是最好的妻子人选。

当然，凡事有两面。平和熨帖可能就缺少了个性鲜明；低调不张扬可能演化成没有参与意识，不能很好地表达自己；过于务实会乏味没有情趣；传统有时意味着视野不够开阔，封闭和安于现状。

然而，这一切在悄然发生着变化。

近年来南北交融，东西融汇，广州美女的构成也早发生了极大的变化。南北组合的下一代女孩子越来越漂亮，外来的美女当然也很多，这座城越发地花团锦簇起来。多元化本来就是广州城的一大特色，美女亦不例外。

外来的美女自有她们的优势，其中不乏高素质者。

方圆真是位名副其实的美女，高挑匀称的身材、姣好的面容、成都女孩特有的掐得出水的皮肤，利落的性格，还有那站在人群中也不会让人无视的脱俗气质。复旦硕士毕业，学的是金融，当时是留上海还是来广州颇让伊人纠结了一番，最终被广州的一家外资银行的优厚条件吸引，或者说是被广州的舒服自由吸引，开始了一名广州美女的美好生活。在广州五年，嫁给了情投意合的广州帅哥，在婆婆的重点培养下，入乡随俗学会煲汤调理，当然老公一家人也被锻炼着学会吃水煮鱼、麻辣火锅，全家人的普通话有质的飞跃，今年过年一家子竟然看起了央视春晚！日子过得不亦乐乎！小方圆出生了，继承了父母的优点，一看就是个美人胚子，有时你不得不承认这跨地区婚姻的魔力。

小恬是很有思想与行动力的香港女孩，因为父亲做生意常年在广东，她高中毕业干脆在暨大读书了，妈妈怕寂寞，也一起到广州生活。小恬的课余生活多姿多彩，做义工参与社会活动，暑假参加西部支教的项目，在青海的乡村小学做英语老师，白白嫩嫩的女孩回来变得黑黑瘦瘦，但更有激情活力了。最近听说在与同学忙于开创一个微型的社会性企业，为他们当初去支教的那个地区的手工品提供销售与推广的渠道。

湖北妹子冉小华人生得标致，做起事来风风火火，泼辣干练。十年前和男朋友来广州闯荡，摆过地摊，卖过水果，做过服装，能吃苦胆子大。现在两人开的文具店生意不错，还雇了个人专门负责网店的销售，虽然暂时还买不起房子，但小华不怕，她相信两人一起挨，一定会在这座城市扎稳脚跟的。

在这座城市各个角落，还有许许多多的来自东南西北的各色美女，为它增光添彩，创造别样的气息。融入这座城的美女们是一道让人感怀的风景。除了美，没有其他可以言传的词语。

　　我有个嗜好，喜欢独自静静地坐在有明亮玻璃窗的路边咖啡店或冷饮店，看人来人往，特别是看形态各异的美女们，边看边感叹，这真是座充满生气充满乐趣的城市，美女们风格各异，但生机勃勃，秀色可餐……转念一想，街上的人们可能也在饶有兴致地看街边玻璃窗后那个神情专注的美女吧？哈哈，作为资深广州美女一枚，我有一个远大理想，要将广州本土美女的优点发扬光大，也要扬长补短，吸取外来优秀美女之精华，为广州这座我深爱的城发挥我的一份力量……誓将美女进行到底！

红色中国年

　　年轻的时候不喜欢大红色，觉得俗艳，相邻的桃红玫红统统不感冒。不知不觉发生改变是从一只红色描金果盘开始的。某年得了一个很精致的双层描金果盘，纯正的中国红，春节时放了糖果摆上家里的老榆木茶几，别有一番韵致，开始渐渐发觉红色在家居中的妙处。于是，家里渐渐多了林林总总的红色器物：红色漆器、红色陶器、缀着红色花朵的桌旗、有着红色灯罩的大台灯、暗红底色的羊毛地毯……搬了家后，索性连家里的沙发都换了红色的布艺。尽管日常还是很少穿着红色系的明艳衣裳，但对红色再也不排斥，反而常常拿来点亮日常，特别是中式家居硬木家具通常偏暗沉与硬朗，红色器物是极好的点缀。在偏黑色调的窗棂上挂个红色中国结、明式边几上摆个红色陶器、绿色茶盘上放上两只小小的红花漆鸳鸯，不俗反倒使空间瞬间雅致与灵动起来，终于明白了什么是大俗大雅，为什么要花红柳绿。从审美体验上说，红色真的特别中国。

　　红色与仪式感的春节是绝配。过年时，红色的对联、红色的利是封、红色的窗花、红色爆竹、大红灯笼……喜气洋洋热热闹闹，凡民俗的民间的种种一定都是与红色相关的，中国人的日常不喜欢太素净。生活再怎么不如意、日子再怎么艰难，忙碌一年，辛辛苦苦，年还是要过的。人们在农历新年一定要欢天喜地要红红火火，从腊月二十三的小年开始，红色中国年的序曲奏响，二十三糖瓜粘、二十四扫房子、二十五磨豆腐、二十六去割肉、二十七宰公鸡、二十八洗邋遢、二十九蒸馒头……年三十的一顿团圆饭把仪式推向最高潮，多少人的童年记忆都留在这样美好的仪式与肉香米香油香中了，如果没有了这些仪式，生活将会多么庸常无趣。

各地过年的习俗差异很大，身在花城自然以粤式习俗来过年。不下雪的羊城有冷雨与满城的鲜花，春节的序幕从年花开启，当你看到大吉大利的年橘开始在街头巷尾出现，便知道新年快到了，年前三天的传统花市更是充满仪式感的狂欢。以往的春节是父母张罗，我们坐享其成。父母年事已高，孩子也渐渐长大，这些年来开始做主安排过年大事，越发感受到春节真真是红色的。从采办年花开始，花城的鲜花选择固然很多，清雅的水仙当然要备，但万万不能少了红色的各式花朵来渲染；红红的春联自己写；早早换了新钱把红包提前封好；红色的各类装饰一一购置。若有心年前到一德路或充满市井味的榨粉街逛逛，那简直就是一片红色的海洋！我家还多了一样去石湾买公仔的自家"习俗"，因为在佛山生活工作过，对当地石湾陶瓷公仔十分中意。生肖公仔是石湾陶瓷的一大特色，恰恰生肖与中国年实在最匹配不过，年前去买生肖公仔成了保留节目。传统的石湾公仔也在不断改良创新，多年前我们发现了一家极有创新风格的陶艺工作室，他家的生肖公仔不像传统陶艺的原色，竟是鲜亮鲜亮的中国红，且设计的造型抽象而西化，相当大胆与超前。这一买就是经年，而今当年名不见经传的陶艺人已成佛山著名的陶艺家，名扬四方，我们早期囤下的作品也是身价倍增了吧。年三十贴上春联，换上新的红色生肖，贴好窗花，挂上红灯笼，摆上果盘，只等年夜饭的重头戏开场啦。

过年的食物大江南北千差万别，一本书也写不完，一方水土养一方人，相信所有人的记忆深处都有自己最熟悉也最合意的家乡味道，每个人的味蕾里都有一个故乡啊。也许其他所有的风俗上我们都是粤式的，唯一在吃这个最核心的事情上我们是跨地域跨文化的，从我家的年夜饭便可看出来。我父母是在广州生活了三十年的湖南人，公公是海南人、婆婆是顺德人，小姑子的先生是广西人，弟媳是陕西人……年夜饭自然成了南北风味合集。只是我这个没有原乡概念的味蕾里竟然是川湘味的，一个在广州长大的湖南人，骨子里就是喜欢浓酱重赤的色泽与浓烈，无解。当然，发财蚝豉招财就手年年有余之类的粤式意头菜是不会少的，其他就天南海北啦。整一个红红火火、热烈刺激的红色盛宴是多么令人兴奋的快乐！

今年是猴年，眼瞅年关近，一直在为写什么对联发愁。这日一早醒来，顾不上梳洗，大声宣布："来人呐，快备红纸，快来磨墨，本宫昨晚做了个好梦得对联一副，要快快记下！"家人问："半桶子大师灵感来啦？"我很是得意，"听着，上联是：齐天大圣呼风唤雨；下联是：才子佳人弄墨舞文"，问：那横批呢？我更得意，"横批是：猴赛雷！"……短暂的沉默，全家人笑翻……

黄埔炒蛋

简单但不简约，说的就是粤菜的精髓。追求本真至简实际上并不是件容易的事，就像最简单的装扮反而最考验你的身材长相，多少人败在素颜的考验上，但若真是天生丽质，任何繁复的装饰却又都是多余的。

鸡蛋是天底下最易得的简单食材，几乎所有的厨艺菜鸟能够做的第一道菜通常就是炒蛋、番茄炒蛋、荷包蛋……可见它的平易近人。然，就是这样至简的材料却成就了一道广府名菜——黄埔炒蛋。

传说中的黄埔蛋以嫩滑甘香著称，炒好的黄埔蛋一层层的条理分明，很像是色泽鲜黄的千层糕，入口即化。然而，这道名菜的前生今世，却也是传奇，令人唏嘘。

黄埔蛋与黄埔的发展史密切相关。

《俗话黄埔》中记载，"黄埔蛋"起源于20世纪初叶广州黄埔鱼珠圩的一个船家。

话说某日，艇上来客，主人家本想用鲜鱼招待，刚巧鱼吃完了，情急之下想起艇尾养有一只老母鸡，遂从鸡窝里拿出几个鸡蛋，烧红铁锅炒了一碟。客人吃后赞不绝口，离去后，逢人便说黄埔炒蛋嫩滑甘香，从此"黄埔蛋"的名声就传开了。

民国初期的一段时间，鱼珠圩曾是广州的重镇，因清末黄埔的出海港口和海关都设在鱼珠，使其成为广州与东莞之间一个十分繁华的大集镇，往来的客商人流量很大，带动了饮食业的发展，造就鱼珠的繁荣。当时，沿鱼珠河涌边共有茶楼四间——"红棉""南园""八景""庆男"，还有林立的商店、赌档、烟馆分布于鱼珠横街。黄埔蛋在船家中风行一时，成为黄埔当地一绝，当时的鱼珠圩有很多食店都以黄埔蛋闻名遐迩，之后广泛流传于省港澳，成为粤菜系中的一道声名远播的名菜。

"黄埔蛋"还有段名人史话。有关蒋介石的多种传记，都曾提到黄埔蛋是他一生最钟爱的食物之一，更是其晚年日常餐桌上必备的佳肴，蒋中正独沽此味，百吃不厌，情系终生。据说当年蒋介石、周恩来等在黄埔军校任职时，就爱上了黄埔蛋。蒋的侍从副官居亦侨回忆："当年在军校烹制黄埔蛋的是位姓严的大娘，广东人。她原是珠江游艇上的船娘，有一手好烹调技术。"蒋公1936年赴广州，向钱大钧问起十年前擅制黄埔蛋的那位严妈，钱大钧察言观色，善体上意，立即派人四处寻找，居然将严妈找到。当蒋再一次品尝严妈烧煮的黄埔蛋时，连连称赞："很好！很好！"后来，蒋介石从大陆败退逃到台湾，士林官邸晚宴中黄埔蛋也是一道常备菜肴。

只可惜，后来黄埔新港搬到了大沙地，失去黄埔中心地位的鱼珠商业伴随饮食业衰落了，鱼珠渐渐失却了往日的繁华。到20世纪80年代，黄埔蛋式微，渐渐淡出黄埔人乃至广州人的餐桌。也许是走过物质贫瘠的时代，广州人的食材早已极大丰富，推陈出新，对于鸡蛋这种用料普通的菜已不太感兴趣；也许是世事变迁，食材不再，据黄埔鱼珠当地老人们回忆，黄埔蛋的真正用料是鱼珠船家在船头用小鱼小虾及蚬等养出的农家鸡的鸡蛋做的，蛋的味道就特别鲜美，加上它的独特炒法，鲜嫩可口，在广州市内的饭店很难得有这样的原料，更要命的是养鸡场批量生产，现代化饲料养鸡使鸡蛋失却往昔农家蛋的鲜美滋味。本已食品种类极大丰富的今天，嘴越吃越刁的广州人，面对层出不穷的天下美食，谁还会将一个稀松平常得不能再平常的炒蛋隆重地奉为佳肴？诞生地鱼珠在沧桑变迁中失却了往日中心镇的繁华，黄埔多年来发展工业，也缺少传承当地美食文化的有心人。

那么，今日之广州，还寻得到那传说中的美味吗？

找一日去黄埔当地寻觅。鱼珠早已成为广州地铁五号线的一个站点，似乎近在咫尺却又恍如隔世。穿过厚厚的石路、阴郁的小巷、古旧的老屋，走到今天的鱼珠码头、黄埔江面，沿江往来的是体魄雄伟的大轮船，时代在进步，昔日的占渡船家已经渐行渐远。偶尔在码头一角的港湾中发现了几只黑漆漆的渡船，静静地躲在一隅，但站在船头油亮甲板上的不是年轻力壮的小伙，却是头发花白的阿婆，问及黄埔蛋，婆婆喃喃絮叨："黄埔蛋，冇啦，识炒黄埔蛋的人都死晒啦……"听着好悲凉。作为此地的渔民世家，她清晰地记得四十年前黄埔蛋确实是这里船家的家常菜，并且是附近的一些菜馆的招牌菜，名声很响，只是如今难觅。

在黄埔军校附近的小食店中打听，黄埔当地人和当地餐馆老板也都茫然地摇头。时间无情，人们已经不记得当初那些故事了，黄埔蛋也早已经在长洲岛当地人的食谱中消失了。想想黄埔蛋的式微很有点宿命的味道。

不死心，多方问询，终于打听到现如今可能只有位于广州开发区路口的黄埔华苑酒家才吃得到唯一较正宗的黄埔蛋了，据说这个酒家的行政总厨周勇明先生在20世纪70年代学艺时，从师傅手中学会了炒黄埔蛋，这么多年来虽然点这道菜的人越来越少，但周先生一直深深地记住炒黄埔蛋的要诀，并且不断地拓新，如今发展成为华苑酒家一道本地特色推荐菜。迫不及待点上，当第一眼看到那金灿灿、娇嫩欲滴的它，十分惊喜，品尝那刻，果然是那奇妙的嫩滑香浓、入口即化的感受，真是众里寻它千百度，蓦然回首，它仍在此处啊。所有寻觅途中的仆仆风尘，都在入口瞬间随着鲜嫩化于口内而消失于无形，只有余香令人回味，名不虚传！

其实最简单的东西往往蕴含最深刻的哲学。就比如眼前的蛋，炒蛋人人会做，却也成为最考厨师功力的难题，没对火候掌握有炉火纯青技巧者是炒不出正宗黄埔蛋的……世事万物之所以复杂，有时往往是人为地复杂化了，就如饮食，营养专家说人每天若摄入一个蛋的营养便已足够，但以"万物之灵"自居的人类却非要吃尽自然界所有可食之物，广州人尤甚。我们是否也该反思下自己的盘中餐，某些饮食习惯是否有悖于与自然和谐共存的文明？

据说黄埔区政府在大力挖掘弘扬当地的美食文化，黄埔蛋能否卷"蛋"重来，再度名扬天下？我想，不仅仅因为美味，还因着承载它的那些繁华时光、令人回味的故事，更因为愿透过这道简单、环保的美食的复兴，对广州目前某些过分猎奇以至有点走火入魔的饮食陋习予以某种程度的矫正。

前段时间机缘巧合，与广州民间商会的主席谢老吃饭。老人家是土生土长的广州通，交谈中得知七十多岁的美食家竟然深得黄埔炒蛋的妙处，他教了我几招，虽说肯定无法与酒家大师傅比，但回家据此如法炮制一番也很有些乐趣。

与其他炒蛋方法不同，黄埔蛋最讲究的是火候，蛋下锅后需要不断运用腕力旋转，将蛋在锅内自然摊成蛋饼，然后用铲子铲出来，卷成拉肠状叠在盘子里。大约几分钟的工夫，一盘金灿灿的有若"千层饼"样的黄埔蛋就跃然眼前。还有一招很奇妙，谢老教我，打蛋时就要加花生油，以三两油五只蛋的比例充分打匀，加少许胡椒粉可以去除鸡蛋的腥味，翻炒时看到蛋液凝固后就必须马上起锅……

一只鸡蛋，需要是只天生丽质的好蛋，经过用心打造，才能让它以最简洁但又最华丽的方式蜕变，成为一道人间美味。这是美食的艺术，亦是生活的艺术。

新年的手账本

这些年每逢年末便开始张罗一件小事，实际上这事于我而言真不小，是件不可或缺的重要事——为新的一年找一本称心如意的手账本，重要到如果没有完成都不知道该如何迎接新年的到来。

原本没这么煞有介事，不就是记个账、备个忘、写个事儿吗？拿个什么本子不行？自从2012年入手第一本LIFE日程本后，便一发不可收。怎么可以有这么好用的随身物品，墨水笔触到纸上那瞬间的顺滑、顺畅，让人爱上了每天记录的时光。

日本作家小山龙介说过，时间是整理出来的，每一年、每一个月、每一周，甚至每天清晨，要像换季时整理衣橱一样，提炼自己时间的核心，否则，一年五十二个礼拜，很容易被各种琐碎的忙碌淹没。

"手账"一词来自日语，日本的《大辞源》定义是："经常带在身边，记载心想、要做、怕忘的各种事情的小型记事本。"手账结合了备忘录与日记的功能，方便人们随时随地记录和翻看每日的行程、重要事务及一些琐事感想。手账文化是日本文化中很有趣的现象，手账在日本几乎是人手一本，对于日本人而言是生活必需品，不仅具有备忘功能，而且是进行人生规划的一个重要工具，无论男女老少都会随身带着，随时随地掏出来翻看，或者在上面记些什么。在东京的地铁上，经常能看到有人从包里掏出一个小本翻看或者记录。

手账大都制作精美，带有日历和笔，可以夹名片和纸片，不同的页面划分具有超强的整理功能，以满足各种需求，比如主妇专用手账有专门的地方可供粘贴发票，记录收支，帮助她们精打细算地过日子。手账不仅能提醒自己记着家人、朋友的生日和约会，还能安排每天的工作，很多人甚至把它当作简短的日记本甚至素描本、手绘本。

手账文化已从日本流传到世界很多地方，经由台湾地区引入，近些年开始在中国大陆盛行。这种记录生活的方式尤其受到年轻人的喜爱。我倒不是要赶流行文化的时髦，因着近年来开始忘事儿，工作生活繁杂事情多，时间管理能力越来越弱，原是实实在在地要找本子记事儿的老古董行为，没承想无意中发现了手账这个东洋舶来品。后来发现，年轻人甚至还有专门的"手账圈"，Tiger、潘幸仑等引领时尚的手账先锋，教人做手账的书都出了好几本；像POKERNOSE、张小贼、莎兔这样的手账达人们汇聚于Instagram、豆瓣小组等社交网络，有众多模仿学习者与粉丝。一时间手账竟然成了时尚的生活方式。无心插柳，一个不小心又成了"时尚人士"。

年轻人在记录的基本功能之外把手账玩出极多的花样，手账创作有很多方式，漫画、插画、涂鸦、剪贴、写字、胶带粘贴……可以用各种各样的方法让手账变得有艺术感。有画画达人以手绘本这样艺术化的方式来记录生活，一时间模仿者众多。很多手账达人把得意之作拍下来与爱好者共享，展现自己的创意，分享自己的心得。

年轻人花里胡哨的手账模式我倒并不以为然，手账就是手账，于我而言就是记录工具。但手头一个本子，或书写，或涂鸦，信手拈来，给人愉悦，极具个人风格与色彩，倒也不失是一种与当下人们过度依赖数字化媒介的温和对峙，或者说对传统的另类坚持，毕竟无处不在的手机、电脑、iPad自有强大的智能功能，备忘简直就是轻而易举的事。年轻人愿意花心思与工夫在传统载体上，至少还会用笔写写画画，是好事。

既然是随身的生活必需品，我的老毛病自然就犯了——不能随便，必须精致，必须独特，必须内外兼修！于是新年来临之际，找一本满意的手账本是顶顶重要的事。

商务工作范儿的日程本，没情调，看不上；华而不实的贵价货，不实用，没眼缘；太大太小、纸质不精、没有主题，统统都不行……

为何这么较真？你想想啊，每天要在上面谋划、倾诉，还天天带着，整整一年，用完后会作为个人生活档案妥善保存，如此重要的随身之物不贴心不漂亮不内容与形式完美统一，怎么对得起过的这每一天？怎么对得起我自己？所以，怎好委屈？不可勉强，必须是最喜欢的。

秉承一贯的风格，不求品牌只求独特有内涵。手账本界公认的大牌MIDORI与HOBONICHI不是我的菜，小众口味无可救药。

2012年的手账本选了LIFE日程本，朴实无华，亚麻布封面。日本的LIFE以特殊的造纸技术而著名，非常适合钢笔书写，而且体积和重量类似一本护照，方便携带。遗憾的是略少点缀。

2013年的手账本是小清新的台湾品牌，内里布局特别合理，年历、月历、空白页一应俱全，用着很可心。

2014、2015年精挑细选，发现了著名媒体人梁冬的正安生活馆竟然也印手账本，内里还配有节气养生内容，大小开本一口气买了好几本，自己留一本，其他送朋友。可惜没用，好看不就手。最后真正用的竟是乐活生活杂志随刊附送的手账本，设计合理，有形式有内容。

去年帮我们家小理科男挑了本很有意思的《日课》日程本，春夏秋冬四册，以丰子恺的生活漫画为底本内容，涉及民国传统生活的日常，充满怀旧童趣。年终检查，发现儿子倒是把它们"涂"满了，全是我看不懂的编程算法公式。手账本竟也可拿来这么用。

新的一年即将来临，帮自己选了读库出品的《明天》（金子美铃童谣周历），装帧印刷很是精美，迫不及待想写字了！同事还送了本很有特色的藏医药唐卡日历本，收藏。

当年村上春树关闭酒吧，决心全职写作，所做的第一件事就是制订详尽的时间表：清晨四点起床，开始写作直至中午，下午长跑、逛二手音像商店，日暮时分不再工作，用来读书、听音乐、放松精神。他谢绝了几乎所有夜晚的活动，按照几乎一年一部长篇作品的时间表工作着。

能自律的人，才是最悠闲、最自由的，也是真正离生活最近的人。

也许一本手账的意义就在于：记录下你用你的时间做了什么，

你所度过的每一分每一秒，成就了现在的你——You are your time.

　　早已年过不惑的我，内心越来越踏实平静，挑一本合心意的手账本，许下新年的小小愿望，尊重自己的内心，认认真真做着自己认为有意义的事，不枉度过每一岁每一年。

无辣不欢

我不好酒，但是嗜辣，而且觉得辣翻了和喝嗨了的感觉异曲同工。所谓"酒逢知己千杯少"，在辣这件事上，辣逢知音一见故。我的经验是，如果吃至大汗淋漓、一把鼻涕一把眼泪，仍欲罢不能，两眼放光，则基本上判断为同道中人，可以称兄道弟了。

当然，知音难觅。特别是在广东这地方，传统粤人是不吃辣的。粤地水土气候使然，口味清淡，要遇上个真正同级别的嗜辣同仁好不容易。伪辣迷倒是有些，实在嘴馋可以混在一处搞个微辣、小辣什么的过过瘾，但终究不够痛快。辣兹事体还真是与别样不同，真枪实弹一下便见分晓，骗不到人。真正的嗜辣，一要有激情，真心爱发自肺腑，二得没顾忌，怕上火怕闹肚子怕长痘痘，怕这怕那很没劲儿，三须勇敢，能够挑战极限，越辣越勇。因此，多年来培养起吃到一处的朋友并不多，近几年也出国的出国、退隐的退隐，越来越淡了。有时得了极正宗鲜香的上好剁椒，也只能自己在家闷头炮制劲辣剁椒鱼头自娱自乐了，在吃辣这条路上，走得好孤寂……

然而，惊喜有时也会不期而至。上月去重庆学习，认识了一位漂亮的成都姑娘，已失却多年的那种旗鼓相当、志同道合的感觉回来了！姑娘肤白貌美，能吃爱吃兼热心肠，见了辣的那个欢愉喔，吃不停的那个真实喔，热心张罗的那个情绪喔，让人开心让人爱！不扭捏，坦荡荡，真性情，更重要的是，人家身材还特别好！我嗜辣族人果然是好样的！

除了吃伴，何处寻辣也是件顶顶重要的事。近十来年，北风南渐，天南地北，饮食多元，川湘馆子随处可见，甚至很多传统粤菜馆为迎合五湖四海的客人，菜单上最后两页也添上了几道水煮牛肉、酸菜鱼啥的。但讲真，且不说粤菜馆里的"川湘菜"辣得敷衍，就是正牌川菜馆千山万水地来到粤地，此辣也已非彼辣了。连在广州开了三十年的川国演义老店，在广州扎根多年的毛家饭店、同湘会、洞庭土菜馆……都已打了折扣，大多数的菜式的辣基本可忽略不计。更不要说号称新派川菜的禄鼎记、陆小凤、三国志、蓉鱼什么的，挂着川菜的名与形，那滋味没有川菜的质与实，看着热闹，麻辣得轻飘飘。有一次与外地朋友去建设六马路的那家禄鼎记，见到门口待位的壮观场面，朋友大惊，问，你们广东人什么时候这么好吃辣了？我呵呵笑了，饭毕朋友恍然大悟，并不是咱广东人民吃辣水平提高了，而是川湘口味辣的风格调整了，本土化了，为迎合本地需求做了大改良、大让步，所以造就了虚假繁荣——不怕辣的假象。

当然，倒也不是说此地无辣，用心挖掘，还是有的。常常说，美食在民间，穿街走巷也能觅得好辣。广州的大多数重庆火锅店还是很不错的，蜀九香在广州也开了店，有走高端路线的重庆老灶火锅店陇熙火锅，有号称自己真麻辣不改良的斗椒，有走小资路线的米库，有老字号陶然居，有正宗黔式酸辣的黄果树，还有大街小巷形形色色的小龙虾、烤鱼店，甚至那天在老城区发现一家叫八毛九的重庆小面店，竟然也很地道……

要说什么是真辣，当年在武汉读书，八一路上有家赛江南餐厅，一次与远道来看我的朋友吃饭，点了道叫"辣得跳"的菜，牛蛙腿，小小的精致的一碟，难得的汤汁浅淡，接近原色，很是清爽鲜美的样子，完全被我藐视，什么嘛，还辣得跳呢？仗着自己艺高人胆大，一筷子下去就入了口，然后……跳倒是没跳啦，直接被一股强烈的巨大的辣冲击得失语了，足足三分钟完全说不出话来，其间狂灌冰可乐，久久没有缓过劲儿来。这是我吃辣历史上的一次重挫，最惨痛的一笔。那个辣啊，刻骨铭心。事后请教得知，那牛蛙腿在加工成菜前已用极辣的辣椒汁浸泡了一夜……此事说明了一个道理：吃辣也要谦虚谨慎啊！

从视觉上说，辣呈现出的形态无疑是美的，通常以浓艳热烈、极具冲击力的色泽与气味表现，刺激肾上腺素，引发食欲。如果从味觉符号学的角度说，辣是特别有力量有侵略性的味觉符号，所以也可以理解为什么它能够在原本不嗜辣的城市攻城略地，改变着全中国人的饮食习惯，让人惊叹重口味在全国取得的胜利。据说，中国辣椒产量世界第一，吃辣椒的人数也是世界第一，全世界有四分之三的人吃辣。早年辣椒从墨西哥起源，随着地理大发现的脚步来到西班牙而进入欧洲，逐步走向世界。实际上也就在明朝年间，辣椒才走上中国人的餐桌，中国人却把这种食材演绎得出神入化，在各地衍生出奇妙吃法，变化出无数的美食：无论是云贵高原上的蘸水，还是川渝大地的豆瓣、红油，湖南的剁辣椒，西北的油泼辣子，辣椒已经成为当地人饮食中最具代表性的味道。麻辣火锅，剁椒鱼头，豆瓣鲜鱼，火爆腰花，毛血旺，口味虾……这些辣椒的经典菜品早已经为全国人民所熟悉。湖南的白辣椒散发着阳光的味道，辣得热烈，云南的辣椒水果鲜花料理沁润山野清香，辣得甜蜜，贵州的莽尖酒香迷人，辣得绵密，墨西哥的仙人掌炒辣椒，美国的湘味红油汉堡……这些美食新鲜有趣。人们用智慧创造美食，也用美食勾连情感。

而且我一直坚信，痴迷于这种极具冲击力与丰富层次味觉的人，也一定有真性情，是有情有趣与鲜活的，要不怎么一加上个"辣"字，立马就生动与有趣起来了呢？辣妹、辣妈、麻辣教师，哇，怎一个"辣"字了得！

治愈的菜市场与疗伤的厨房

病了很久，做什么都提不起劲头，很有点儿了无生趣的意思。宅在家里胡思乱想，什么人生啊、命运啊、世界啊，人一思考，特别是哲学，上帝就发笑。也确实可笑。当快发霉的时候，去菜市场转一圈，往往有奇效。特别是对像我这种没什么大格局的人来说。

临近市场，一股气息便一路扑面而来，当然会有嗅觉上的腥臭泥土生鲜诸味，但我说的不是这个，那是一种热气腾腾人间烟火的浓烈气息，势不可挡。一进入这市集，熙熙攘攘、热热闹闹，好像刚才还在云端，一下就掉进了热火朝天的凡间，越嘈杂这种感觉就越强烈，所以我爱去大菜市场，越大越好。

菜市场内的众生是真的好看。

最爱看那两个热情四溢的猪肉档靓仔撩师奶，一唱一和，把个壮硕的大姐逗得"咯咯咯"花枝乱颤，本只买几两五花肉，一高兴顺带多来条靓梅柳。那个跩得不行很有些天下第一牛的牛肉档老板娘，神气地甩着她新近烫的花卷头招呼着熟客，发现她每每见到年轻貌美的女主顾尤为不屑与态度恶劣，我猜想定是受过什么刺激，对漂亮的同性怀着深深的敌意，生意都不顾了。卖冰鲜的潮汕夫妇特别忙，两口子埋头做事，女的背着一个几个月大的小男孩，档口边还有三个约六七岁的女孩在玩耍，忽地不知从哪儿又钻出来一个小女孩，几个孩子在本已很逼仄的空间打闹嬉笑，在等男档主帮我处理黄花鱼的空隙随口问了句：女儿放假和同学玩啊？男的看了我一眼说不是同学，都是我家的，数了下，四个，加上背上的，五个？档主苦笑，是啊。于是心里暗暗想以后买冰鲜就只帮衬他家了。海鲜档的大叔声如洪钟，无论买他哪样都会大声教你怎么做最好，喜欢有事没事跟他探讨下是白灼、清蒸还是爆炒。烧腊档一排过去好几家，不知为何独独第一家总是排长龙，其他几家卖着同样的货色，却光顾者寥寥，档主坐在那儿看着人来人往，竟也气定神闲。菜市场入口专做各类新鲜蘑菇、莲子、茨实、百合的姑娘是整个街市的皇后，白净漂亮，人气自然是旺的……

买菜的就更有趣了。

街市上最多的当然是各式师奶，有资深的精明的，有大大咧咧爽利的，也有稀里糊涂算不清账的，但通常都爱指点江山，毕竟是她们的主战场。买羊肉时问了句："是羊腩好还是羊后腿肉好？"哇，话音才落，卖肉的未及搭茬，旁边就有两位你一言我一语把我嘲笑了一番："有没搞错，当然羊腩肉滑啦！羊腿肉好粗的！"本大姐也是在菜市场混迹多年的人啊，怎容被如此看轻，于是将了两人一军："我又不是做羊腩煲。"档主看着我们哈哈笑，主持公道："红焖买羊腩，烤的话买羊腿吧。"也有男人拿着张小纸条边张望边念叨："还有葱没买。"这定是家里老婆给列的单子，卖菜的最欢迎的主顾，因为业务不熟自然不会讲价也不会左右挑剔。周末的时候会见到很多夫妇，女的左挑右拣，男的跟在后面拿菜，有的有商有量恩爱异常，有的你说这个好他说那个好吵吵闹闹。见过一对很斯文的老夫妇，老头戴个老花镜细细挑选，老太太笑眯眯跟着，两人时不时商量着晚上的菜式，我傻傻跟了会儿他们，羡慕得差点儿流下口水与泪水……

当然，小菜市场也有小的好。藏在街头巷尾的小小街市，出出进进都是街坊邻里，日常寒暄问候、东家长西家短，档主对熟客的喜好了然于心，一切都熟络家常。

这样一圈逛下来，还有什么好烦恼？入了画，也是《清明上河图》般的气象万千吧。柴米油盐酱醋茶的生活，不就是人生的底色吗？在菜市场里，除了那各式新鲜蔬菜瓜果鸡鸭鱼肉林林总总的食物让人萌生对丰饶生活的喜悦，更多的是因为它是热气腾腾的人生市集吧，集结着最最真实的人生百态，令人常常是垂头丧气地去，心情开阔地回，在人间烟火的真实面前，什么忧郁啊，焦虑啊，都烟消云散了。

乡下的集市去得少，但只要有去乡村的机会，正好赶上初一十五，必会去趁圩看看，对我这个没有原乡的人来说，那更多是好奇吧。

是啊，人生很丰盛，当然不只柴米油盐，还有诗和远方，比如日本筑地鱼市场、巴塞罗那的博盖利亚市场、马耳他的马尔萨什洛克港周末鱼市、摩洛哥的农贸市集、南法的小菜市、泰国的安帕瓦水上集市、印度新德里的夜市、土耳其伊斯坦布尔的大巴扎……好吧，我说的还是菜市场。一直梦想着何时找几个志同道合的朋友，搞他一个世界菜市场专题深度调查，出版一本全球菜市场指南。

如果仅仅是作为看客文艺地去逛逛市集，感受下风土人情，当然并无不可，听说这甚至成为一种旅游的新项目。只是这些气味杂陈的所在并不浪漫，骨子里也实在不小资，特别是如果不把它与厨房关联，我觉得那是矫情不是真爱。

满满地采办回新鲜食材，堆满了厨房，处理料理的过程才是心灵疗伤的开始。厨房的工作既是力气活也是脑力活，还特别讲创意，甚至还事关天赋与灵气，需要反复琢磨、练习、实验与总结，绝不简单机械。在厨房劳作的时候精神很集中，成品没出来前繁复的备菜过程有时也会闷，就把小音箱打开，放音乐听，当香气传出准备摆盘上菜的时候，我觉得很圆满，那一刻真的是欢快的。我一向认为，胃舒服了，人就好了，寒冷冬天的一碗浓汤，炎炎夏日的一剂冰镇莲子羹，慵懒午后的香软芝士蛋糕，身心疲惫回到家闻到厨房传出的饭菜香，是感官生理的愉悦，通过胃传递到全身，得到的是精神心理的慰藉，安心而温暖。每回听到有人说，无所谓吃什么，没这些讲究，心里会很同情他，人生多无趣。连吃都不放在心上，我很怀疑他人生的意义。只会胡吃海喝当然肤浅，但连最基本的吃的乐趣都无心体味，又何尝不是另一种无感与无知。我视厨房为修炼场，炮制美食，涵养精神，品尝生活，由此，恢复元气，面对一切未知。

茶不醉人人自醉（上）

我承认我不懂茶，茶里学问大，仍是门外汉。但这并不妨碍我爱它。一天之中，早上起来喝杯白开水，之后就几乎不碰茶之外的任何液体了（当然靓汤除外）。懂不懂是能力问题，爱不爱那是态度问题，无疑咱态度是极端正的。

从来佳茗似佳人，林语堂《茶与交友》中有"三泡论"：茶在第二泡时为最妙，第一泡譬如一个十二三岁的幼女，第二泡为年龄恰当的十六岁女郎，第三泡则已是少妇了……感觉林先生的茶经未免轻浮，很有点儿泡妞的意思，但也不失为形象吧。表达的无非古人说的"茶过三巡不堪饮"的论调，旧时文人骚客的畸形审美，对女性的轻薄。我倒觉得若真是要将佳茗对应佳人，那么绿茶似少女，稚嫩清扬；乌龙茶似少妇，丰富复杂，个性多变，耐人寻味；而普洱、黑茶则似历练人生的熟女，沉稳凝练，刚柔相济，有故事，令人遐想回味；红茶则更像母亲，平和醇厚，细腻包容，让人心安。各有各的妙，而回味无穷更有趣。后来听资深茶客说，品茶要循序渐进，就是这个道理吧。先从口感上最直接与单纯的绿茶开始，乌龙等半发酵的茶要到了一定年纪才能体味，渐渐有了经验与阅历，喝普洱、黑茶等全发酵茶才有感觉。没有高人指点，磕磕碰碰走野路子，我是从乌龙茶开始爱上并沦陷的。

那时刚刚大学毕业，在对茶还没什么概念的二十岁出头的年纪，盲冲冲就撞入了茶的天堂。办公室的前辈阿姨是客家人，对我极好极照顾，一天给我喝了一杯她家乡兴宁产的茶，当时只知道好香啊，茶不是苦苦涩涩的吗？怎么会有兰花香？甚至还有蜂蜜的香甜！阿姨把她剩下的大半包塞给我，袋上写着蜜兰香，从此知道了原来有单枞茶这等好东西，从懵懵懂懂找来喝到喝出点门道渐而发现妙处。后来与高手混，人家问我平时喝什么茶，我说单枞茶，也喝铁观音或者武夷岩茶，通常倒也唬住人，一个年轻小女子喝着该到一定年纪才喝的乌龙茶，该是有点儿功力吧，哪知我实在是乱喝。

单枞，特别是潮州凤凰单枞，真的是极为丰富与耐人寻味的一族，名丛、单枞、奇种，几乎一树一茶，一茶能容百种香。单单潮安一个凤凰水仙采用优异单株制成的凤凰单枞株系，品味、形态各异，仅以香气命名的就有蜜兰香、黄枝香、肉桂香、兰芝香、玉兰香、柚花香……竟然达八十余个品种，每种单枞都有自己独特的山韵蜜味，更不要说那些令人眼花缭乱以茶树叶片外形命名的山茄叶、橘仔叶，以树形命名的娘伞仔、大丛仔，以成茶外形命名的大乌叶、大白叶了，这其中"须从舌本辨之，微乎微矣"，不练就舌底莲花功，不一口口喝成精，又如何能参透其中奥妙？

闷头喝着喝着历经数年，发现不知何时人们突然念起茶的好处来，一时间弘扬茶文化的势头很猛烈，茶跟品味挂起了钩，茶事变得很风雅。大老板们不拼酒了，戴上木珠手串子都改喝茶了，之前并不被太关注的云南普洱茶被炒上了天，于是也就顺势喝起了普洱，却发现这座高峰更是骇人。

大叶种晒青毛茶即生茶，将生茶经过渥堆处理促使其滋味提前向圆熟转化即是所谓熟茶，普洱内含物质比中小叶种更为丰富，也更为依赖风土。澜沧江在西双版纳境内划出一条弧线，江内勐海、江外易武，构成中国最核心的普洱产区。勐海茶刚劲质朴，如布朗山老班章，易武茶柔和绵长，如茶王树。九大茶山，无数古茶树，一个村寨一种滋味，还不算区分古茶树和人工茶树的种种秘诀，初入门者根本无从入手。

功力不够，不愿暴殄天物，及时知难而退，轻易不敢再碰。倒是在跌跌撞撞的修炼过程中有意外收获，发现了云南茶的另一宝贝——滇红。之前一直觉得红茶太过低眉顺眼，喝惯了深沉而激烈的乌龙茶，偶尔喝红茶觉得它四平八稳、过于甜美柔顺。滇红却不然，野生古树做出的好滇红很有股子自然甜醇的山野味，天生丽质，很是惊艳，反倒引发了我对红茶这一脉的兴趣，于是转喝起红茶来。

作为深度发酵的茶种，萎凋与发酵是红茶的核心，通过时间长短组合的把控，技艺高超的制茶人可以做出不同风味的红茶：比如花香、果香，或者继续发酵让茶出现甜香，呈现出蜜糖甜、焦糖甜，甚至是烤番薯的甜香，毛火高温快烘、足火低温慢烤，对每一个环节用心把控，一切都在制茶人的微妙拿捏之中。

中国三大红茶各有鲜明的特色：小叶树种制的建红历史悠久，很是细腻传统，有人说它文气，金骏眉、银骏眉确实娇嫩也金贵，倒是正山小种质朴平实甚得我心，有股独特的出自火功的松香味；

祁红通常有着甜美的果糖高香，喝着熨帖舒适，加糖加奶皆宜，滋味圆满，母性十足；大叶树种制的上好凤庆滇红，茶色橙红透亮，含芽带金毫，香气甜醇馥郁，在白色杯壁上会显现金圈；也有黝黑粗犷的传统手工滇红，野气浓，耐泡，也好喝。后来接触斯里兰卡的高山红茶，难得天生丽质，自成一派。土耳其之旅，当地向导土耳其帅小伙萨拉密带我们坐在特洛伊古城爱琴海边咖啡馆喝的那杯土耳其红茶，至今难忘，尽管也千山万水地运了回来，但缺了爱琴海的微风、少了土耳其的郁金香杯，任怎样也喝不出那时那刻的滋味了，可见关于茶的记忆，品质之外，亦关乎心情，好与不好实在是很个人的。

在热热闹闹喝了一轮回来后，最后竟喝起了绿茶。与浓香丰腴比，绿茶确实清寂寡淡，江浙、安徽、江西、湖南、湖北、四川都产好的绿茶，灵动秀雅的江南茶也好，清润爽朗的江北茶也罢，少女情态，小清新是它的一致内核。茶喝至此，在已不惑的年纪豁然发现，简简单单是最好，平平凡凡才最真。至于黑茶与普洱，在岁月绵长中形成，有故事意趣无穷，也许留作人生的另一阶段去探索吧。

至于喝茶的阵势，实际上也是越简单越好。端端正正，一本正经，刻意拿捏，未必是真情，形式只是引子，重要的还是那一杯里的乾坤。我看潮汕茶人总结出的"和、爱、精、洁、思"比斗室造作高明得多。岭南工夫茶真正动人之处不在十八般招式，而在它骨子里的生活态度，开门七件事（柴米油盐酱醋茶）才是中国茶的高境界，人间烟火、日常温度，有安稳有超然，比硬邦邦正襟危坐的"茶禅一味"日式茶道大气得多，包容得多，不是刻意的修行，而是日常的养成，融合对生活的体味与体悟，乃至成为一种生活方式。喝茶难道不是最自然的事吗？

也正因此，喝茶不拘是否名山名寨名树，风土人，缺一不可，用心就能做出好茶。比如江西的宁红、广东英德的红茶名气没有三大红茶响，但也是极好的。甚至湛江也有好茶，你知道吗？在寻遍正宗正山小种无果，心灰意冷之时，无意中发现了一家湛江廉江出的有机红茶，口感与传统建红很类似，入口甘滑甜润，味似花、蜜、果、薯的综合之味，层次亦丰富。可见，茶未必定要系出名门，不拘一格也是茶之真味。有心才能发现好茶，茶不醉人人自醉。

茶不醉人人自醉（下）

话说上回谈茶本体，从乌龙到普洱再到红茶至绿茶，粗粗捋了下，这次讲周边。

我做了个小调查，当然不够严谨，数据不具备科学的效度与信度，只在我的生活圈子内获取，但多少有些参考意义。调查发现：凡恋物癖都好茶，且似乎均是从各式茶器开始进入的，为了器物之美才爱上喝茶，无一例外；凡好茶者，到一定境地，便开始觅好的茶器，钻研各式器物，十之八九；凡中国传统文化爱好者、中式审美偏好者通常崇尚形式，对器物亦是重视的。

我还做了个小实验，同一种茶，分别用自来水、怡宝纯净水、鼎湖山泉、农夫山泉、恒大冰泉以及自己从山上打来的水冲泡，效果迥然，口感色泽依次提升。

我还有些观察，一帮人煞有介事地坐在古色古香的茶室清饮、焚香、净手，背景有古琴伴奏，在庭院独饮，有清风徐来，或三两知己在极为放松与随意的环境下，闲谈喝茶，无所谓何时何地……其感受与效果大相径庭。

由此，关于喝茶这件事，器物、水、方式、环境、气氛，很重要。假设确定喝的是好茶，此变量是给定的，那么上述要素是喝茶行为中的自变量，才是考量喝茶效果的核心，即对于喝茶而言，有时比茶还重要。

茶与器

不禁想先说说最近正在热播的《舌尖3》。拍得烂，口碑崩塌，被人吐槽，糟蹋了一个好IP。大家的评论我亦有同感，深以为然，但唯独有一条不大认同。有人认为第一集的《器》跟美食无关，扯太远。这就外行了，美食配美器，周边太重要。对我等来说，若没一口好锅、一把好刀、砧板用着不顺，我情愿不下厨房；没漂亮盘子、餐具，家宴黯然失色，味道要打折扣的。美食从来离不开器，它是中华美食不可分割的一部分，拍到第三季了，当然可以拿出来说道说道了，我倒反觉着这种切入是亮点。《舌尖3》败的不在此。

回到正题，茶与美食是一样的，器很重要。你若硬拿个紫砂壶去泡碧螺春就是不行。关于茶器的特性优劣，陆羽有言："碗，越州上，鼎州次，婺州次；岳州上，寿州次，洪州次。……越州瓷、岳瓷皆青，青则益茶。……邢州瓷白，茶色红；寿州瓷黄，茶色紫；洪州瓷褐，茶色黑；悉不宜茶。"其中器与茶色一体的审美已见端倪，至宋明，更是发展至极致。

无论是"九秋风露越窑开，夺得千峰翠色来"的青瓷，还是"忽惊午盏兔毛斑，打作春瓮鹅儿酒"的兔毫盏，"盛来有佳色，咽罢余芳气"的白瓷，乃至与金玉等价的上等紫砂、朱泥，早已自成体系。

绿茶、红茶用白瓷，乌龙白瓷、青瓷、黑瓷、紫砂皆宜，普洱黑茶宜紫砂、朱泥老壶，一壶一茶，慢慢养。

器与茶相映成趣、相得益彰。好的器物是有魂魄的，可以传世。

茶遇水

茶与水那更是唇齿相依，只是现代人已没有机会去尝试直接汲取大自然的水了。所谓"扬子江中水，蒙山顶上茶""碧螺春，太湖水""狮峰龙井虎跑泉""武夷崖茶九曲溪"……不一而足。甚至有个故事，说是唐代湖州进贡顾渚紫笋时，还须用银瓶装满当地的金沙泉水，一起送到长安。这印证了张又新的《煎茶水记》中所云："夫茶烹于所产出，无不佳也，盖水土之宜，离其处，水功其半。"可见，一方水土一方造化，茶需配上本地水才能最大限度地发挥它的妙处。

明白这个道理，这些年出门觅得好茶，我倒不贪心，就地品上一杯，不再山长水远地带回来，但求曾经体味吧。而且我一直相信与茶的相遇是要讲机缘的，产地、年份、水，天地之物，都是机缘巧合。

茶入肴

茶叶入肴历史悠久，近年多有创新研发，像茶香虾、碧螺春炒银鱼、红茶火锅、抹茶蛋糕，充满创意，无非借茶香除腻调味，别有风味。但我独爱最朴实的五香茶叶蛋，粗茶与五香料配伍，一枚最最平淡的鸡蛋得以升华。还爱吃一样，就是茶泡饭。尽管以茶泡饭的饮食伤肠胃，但我真觉得米饭与茶是绝配，尤其是胃口不佳的时候。

日式茶渍，一小碗粒粒分明的茶泡白米饭，尖尖上两片烤紫菜，撒少少芝麻，清淡中自有滋味。"好看不过素打扮，好吃不过茶泡饭"，有时清清淡淡与"吉人辞寡"是一样的啊。

茶融境

茶席、茶会、茶宴则已然上升到艺术层面了，仪式感强，庄重其事，风雅之至。著名的径山茶宴，据说是径山僧人在寺庙内举行的诵经说佛的盛事，气氛庄重，程序繁复而正式，甚至成为后来日本茶道的源头。这些形式的古茶事传统一度式微甚至消失，却在岛国发扬光大自成体系，经由台湾近年来又反哺回祖国大陆，虽仍小众，但已见兴发之势。不禁令人唏嘘感慨，文化传统的截断真是灾难。

在台湾参加过一次"无我茶会"，天微明，阳明山，露天茶席，席地而坐，全过程只饮茶，禁止讲话，按茶师指示冲泡品，只闻风声树动，鸟鸣花香，第一次感受到清寂之美，美妙之极，回味良久。

遥想盛唐的一个五月月夜，书法大家颜真卿与朋友们相聚饮茶，诗人陆士修写就"素瓷传静夜，芳气满闲轩"的佳句，素白的瓷、安静的夜、幽香的气、闲适的心，一群相惜的朋友，器、境、情，一切俱美，茶饮至此，茶还重要吗？

茶有情

茶天然有一种闲淡清寂的气质，那么问题来了：喝茶图清静、讲意境，讲究的茶道简直就是郑重的仪式，那么，喝茶只能用以修身养性吗？煮酒论英雄，酒带来的是激情兴致，是兴奋与豪情万丈，茶似乎只宜清谈，寡淡得很。男女事只能喝酒吗？可有谈恋爱去喝茶的吗？好像没听说谁情人节晚餐是喝茶助兴的，这真是个问题。

但，人家郑板桥有首著名的《竹枝词》：溢江江口是奴家，郎若闲时来吃茶。黄土筑墙茅盖屋，门前一树紫荆花。多么大胆率真的女子！在陆游的《老学庵笔记》中记录了一曲民歌，也有这么一句：小娘子，叶底花，无事出来吃盏茶。可见，茶也有情啊。在民间，茶是介质，是搭讪，可传情。饮食男女坦坦荡荡，一句吃盏茶，撩得直接又有趣。

所以，人间烟火，再风雅的事体也有了人气。在中国人的哲学里，茶是非常可塑的，它风雅，它也世俗。茶可以很仙，也可以很接地气。文人讲茶道，正襟危坐地清饮，把茶事当大事；我等俗人亦可借茶做很多事，比如撩妹，比如煮上一锅茶叶蛋。

春天来了，又快到一年明前新茶的好时节："世味年来薄似纱，谁令骑马客京华。小楼一夜听春雨，深巷明朝卖杏花。矮纸斜行闲作草，晴窗细乳戏分茶。素衣莫起风尘叹，犹及清明可到家。""乳瓯十分满，人世真局促"，唯有茶中有真味，与这人世比，壶里反倒有大乾坤、大自在。那么，还说什么？

姐儿，咱吃茶去。

碎花裙的流行线路图

　　就像突然冒出来的满大街的共享单车，这个春天仿佛一夜间碎花裙铺天盖地，巴黎、伦敦、米兰T台上的魅影，纽约街拍达人们翻飞的裙裾，各式各样的碎花裙。当然，现在的碎花裙不是那条裁剪合体、长度刚好过膝、温婉贤淑的祖母的碎花裙，它长可曳地，或宽松或不规则，深V诱惑，一字肩风情，混搭机车衣……但任怎么千变万化，碎花裙还是碎花裙。把大学时代的裙子翻出来，搭个当季的外套，复古变时髦，又可娇娆在春风里。时尚啊，又一次轮回。

　　"Liberty Prints"算得上是种风格，美丽的印花图案通常源自大自然，色彩变化丰富，可鲜艳可素雅，可浓烈可清新。通过面料选取裁剪变化，碎花裙有各种路线：维多利亚式的复古怀旧，田园般的清新可人，波希米亚式的自由洒脱，甚至后现代的性感飘逸。但总体是属于凸显女性化的类型风格。国际一线，前卫个性，任哪个品牌，无论是英伦风的典雅花型、欧美潮的夸张花式，还是日韩系的细小碎花……林林总总的鲜花元素点缀其间，从20世纪初开始，作为流行风格实际上已经大热了几个轮回。20世纪三四十年代的碎花连衣裙，棉布收腰合体女性化十足；60年代末70年代初，伦敦设计师劳拉·阿什利将维多利亚时代风格注入碎花长裙，掀起一股怀旧风，是标志性的巨大转向，把当时的服装潮流从未来享乐主义重拉回到伤感怀旧的浪漫主义；70年代中期，又一位英国设计师桑德拉·罗兹，开创了雪纺印花裙的新浪潮，夸张的低领、飘逸的长袖、鲜亮的颜色，散发着梦幻般的女性气质；其间低落数年，直至新千年意大利品牌范思哲的一款绿色竹子丝绸印花裙再次将印花图案、飘逸造型引入人们的视野；近年来民族风、田园风盛行，印花裙变得更为女性化，大量精细的刺绣、镶花、镂空、辑线在服饰上巧妙运用。2011年春季伦敦时装周，有"印花女王"之称的Mary Katrantzou，选用独特的立体印花手法，凭借一系列立体感极强的错视图案服饰呈现出种种不可思议的奇妙效果，珠宝以花朵的立体形式设计，增加整体的立体和叠加效果，令人惊艳。由此，甜腻柔美的极其女性化的风格一路盛行至今。

时尚是个圈。人类既有的审美观每隔几十年就会轮回一次，设计师们每年两次绞尽脑汁的新设计中，经常会出现半个世纪甚至一个世纪之前时尚元素的影子。复古风为什么盛行？也许是因为经济危机让女人没钱买新衣服只能想方设法把旧衣穿出新意；也许是因为现代社会太浮躁无法沉淀出有时代感的时尚，最初复古恰恰是因为反对快餐文化和大众流行才出现的。

1920年宾州大学经济学家乔治·泰勒曾提出过一个观点：经济增长时，女人会穿短裙，因为她们要炫耀里面的长丝袜；当经济不景气时，女人买不起丝袜，只好把裙边放长，来掩盖没有长丝袜的窘迫。这个理论在美国社会无数次被验证：1920年，美国经济繁荣，裙子开始变短；经济大萧条时代来临，长裙又再次回到时尚的主流。1960年，战后重建带动经济重新起航，女郎们的玉腿得以重见天日；而1970年通货膨胀突发，长裙又回到人们的视野。循环往复，生生不息。无论是经济与女人裙子长短的相关性也好，经济与口红消费的效应也罢，物质形态是社会经济的外化，服装反映了社会、经济的变迁，隐含着对性别认知的文化立场。牛仔裤的产生与兴起是因为美国的淘金热，香奈儿经典套装被视为一次伟大的女性主义解放，消费主义与技术进步催生了几何图形风格的太空主义，迷你裙是为了满足二战后经济紧缩阴影下，人们对新生活的渴望与无比期待……时尚史中简直就隐藏着一部人类社会发展史啊。

从来不会有无缘无故的爱，时尚折射着社会发展中的社会心理，碎花裙也是文化。

当人们对未来的不确定感和焦虑与日俱增，内心深处渴望反思、回归根本，源自大自然的丰富色彩、复杂图案、浪漫的怀旧风唤起人们对20世纪初碎花风格的回忆，在技术与社会面临前所未有大变革的社会背景下，无疑是一种心灵的慰藉。

对轮回，我的策略是——好的旧衣服留着，下一个十年二十年甚至三十年准能用上，当然，前提是还穿得下。不记得是哪出电影，有一幕印象特别深刻，祖母把藏在阁楼箱子里年轻时的绣花裙拿出来，孙女惊喜地把古董裙子穿上，一束阳光照在年轻窈窕的身上，花朵在镜子里怒放……太美以至只记住了这个情节。国外有许多服装二手店里可以找到祖母级的衣服，西方文化中对二手物品的态度不像国人，喜欢复古风的人把它当作宝。寻一条祖母穿过的裙子，衣裳里融进了人生的温度，浸润了时光的故事，这是任何奢侈品牌都无法比拟的。

  是啊，一路走来，可贵的，是关于碎花裙的故事。透过时光，似乎能够分明地感受到《西西里的美丽传说》中玛莲娜低眉走过时，紧裹在碎花连衣裙下丰满身体散发出的妩媚与风情，《两小无猜》中苏菲明媚的花朵裙角漾开来的法式优雅，徐静蕾在布拉格阳光下的纯净与忧伤……此时，碎花裙只是符号，裙子包裹着的美好灵魂却成为永恒。

混搭与撞色——从穿衣到人生

第一次看到有人用牛仔外套搭雪纺裙时，深受启发，原来衣服可以这样穿；多年后又发现，桃红配柳绿的隔壁村小芳款已然成了国际范儿，醍醐灌顶，终于开悟，哪有什么铁律？关键是会玩儿。

一直以来我们所接受的教育是：同材质、同色系、同风格是和谐与正确的不二法则；我们要遵循的规律是：上浅下深重心稳、上净下花不杂乱、上短下长有对比……在这样的框架下，好看不出错，主流标准教科书。当然，随之而来的就是无趣。想有趣，就不能按常理出牌：可以上深下浅，但需要巧妙过渡有呼应；上下皆花也并无不可，但花色选择有技巧；你偏要上下皆长也行，但层次区分度很讲究。可见，在基本法则都还没摸清之前，还是循规蹈矩些好。所以，不急跨越，循序渐进，先练基本功，慢慢形成个人风格，如此经年，一切娴熟，创新与自由发挥便水到渠成了。比如学会呼应与点缀，试试局部突破，玩玩色彩游戏，给沉闷的同色系来剂调料，于是规规矩矩的形象有了亮色，变得生动，可圈可点起来，偶有神来之笔。如果觉得这都不过瘾了，恭喜你，你已进入高阶，可以尽情地向混搭与撞色发起挑战了。

有人说Mix and Match还不简单，不就是不按规矩穿衣、混合各种元素随意配搭吗？实际上，混搭是很高的境界，并不容易掌握，处理不当是灾难，拿捏间考验功力。看似漫不经心，实则出奇制胜，须有色彩、结构、层次垫底，创意与眼光引领，讲求的是节奏感、整体性、全局观。多种元素共存不代表乱搭一气，混而不乱关键是确定"基调"，以一种风格为主线，其他风格做点缀，有轻有重，有主有次。叠穿法则是混搭哲学中最基础的技巧，穿出层次最重要的就是搭配的节奏感，混搭实际上更要注重颜色的过渡与呼应，从头到脚都要围绕一个主题，看似不经意却流露出匠心独运。拼贴、混杂、组合中变化无穷，也就趣味无穷。凡慢慢地对混搭这档子事儿悟出点儿门道的人，通常对套装不感冒，喜欢单品，喜欢自己搭配，因为这一定是独一无二的，而且常变常新，一种搭配腻了换个新的玩法，又一次超越，乐此不疲。

而撞色玩的是心跳，很有冲击力。简单说就是对比色搭配，包括强烈色配合和互补色配合。强烈色配合指两个相隔较远的颜色相配，如黄色与紫色、红色与青绿色，这是强烈撞击，极具视觉冲击感；互补色配合指两个相对的颜色的配合，就是我们常说的红与绿、青与橙、黑与白，在色轮中是相对的，正好180度。高超的撞色讲求色彩饱和度、色相的选择，同面积的大红与普蓝搭在一处给人的不适任神仙也救不回，但若把红调成深酒红，蓝变成深藏蓝，调整搭配比例3∶7，奇迹发生了，这是非常优雅而富有气质的强烈色搭配，如果融入丝绒的材质则会呈现出高贵的气场。

作家黄佟佟说过一段关于女人穿衣的话，深以为然："越来越会穿衣服其实就代表你越来越了解自己。从一个穿得中规中矩的女孩到现在形成自己稳定的风格只说明一点，她越来越了解自己，她越来越知道自己要什么……一个人选择穿什么，材质、款式都在说明你此刻对于人生的态度，对于对方的态度，衣服就是你想对世界此刻想说的话，是不必说出的第二种语言。"真精辟。想当年，还是女孩的年纪，参加演讲比赛，在所有人都以正装示人的赛场上居然穿了件无袖的飘逸连衣长裙，皆因是新买的裙子爱漂亮忍不住要穿，完全不管不顾是什么场合，谁年轻时没点儿这样的糗事呢？一个越来越了解自己了解世事的成熟的女人不会穿错衣服，因为她晓得自己是谁，对自己身体上与精神上的长处短处有清醒的认知，深刻地理解了自己与这个世界，才会有笃定的态度和力量，服装是介质，它传达了她的内心。当能力、心智都到了的时候，你怎么混、怎么搭都会很好看。随随便便拿件白T恤配条牛仔裤，脚上一双小白鞋，肩上一个帆布袋，休闲随意地可以去户外活动了；把小白鞋换成纤细的低跟黑色尖头皮鞋，外面套一件黑色小西装，帆布袋扔掉换个大手袋，直接上班去吧；入夜，把小西装脱去，披上一件装饰图案的大披肩，脚踏高跟鞋，手握金色手包，摇身变成了Party上的皇后。T恤还是那件T恤，牛仔裤也不会是减分项，一切游刃有余。

实际上，人生何尝不是如此？

年轻时确信，人与人之间道不同不相为谋，只搭理同类的人，比如相同爱好、相同价值取向甚至性格相似的人，活得真拧巴。随着年岁渐长，知道了这世界的丰富，越来越能够接受不同，三万多天的人生，哪来那么多"道"？抓紧时间听听不同的故事、领略不同的人与事、试着理解不同的生活。美女遇上野兽才会有跌宕的传奇，罗彻斯特与简·爱才会撞出永恒的精神火花，外表丑陋到极点的卡西莫多才更能向我们昭示他灵魂的高贵……聆听、理解、接受进而学习，没有什么是不能相融的，就像混搭与撞色一样，关键是怎么混如何撞。放下执念，更平和更宽容地对待自己与他人，越是在不同的人甚至完全相反的人身上越是能看到一些你自己没有的东西，无论好坏，以此推进对世界的思考，丰厚自己人生的质地。

哪怕于个人，人生的混搭与撞色也是很好玩的事，谁说路只能这样走？生活只能这样过？朋友只能这样交？为什么就不能来点儿特别的事？相比于永远正确的平庸，我更喜欢有趣。

最是妖娆在耳边

　　劳动人民朴实如我，是无福享受钻石戒指、宝石项链之类的装饰品的，一来昂贵，二来要干活做家务不方便。但女人嘛，都爱首饰，因此独爱耳饰，好看不碍事，实在。

　　这当然是瞎掰饬，耳环哪里就朴实了？不但不寻常，简直就是妖娆。

　　有"腰若流纨素，耳著明月珰"的明艳；有"披罗衣之璀璨兮，珥瑶碧之华琚"的华贵。这美含蓄古典，予人以想象。中国古诗词中仰慕女子的美丽容颜，常常从耳畔入手："青云教绾头上髻，明月与作耳边珰""何以致区区？耳中双明珠"……藏而不露是最高阶的性感。白皙耳垂上一粒圆润珍珠，精致入骨；耳坠长长，摇曳生姿，隐在如云的发髻里，行动中若隐若现，才是致命的诱惑。

　　甚至爱情，古人的画风通常是这样的："宴罢入兰房，邀人解佩珰""无微情以效爱兮，献江南之明珰""忆把明珠买妾时，妾起梳头郎画眉"……珰、明珰、明珠，那是男欢女爱的小道具。

　　极懂人生情趣的生活家李渔早就发现了耳饰的妙处：一簪一

珥，便可相伴一生（《闲情偶记·生容》），直指耳饰的内核，人饰合一啊，见饰如面啊。一副耳环就可奠定你的风格。因此我出门衣服穿戴齐整之外，若让我只选一样配饰，必戴耳饰。哪怕穿的是最最寻常的基本款，一副耳饰就能决定是通勤还是约会，正式还是非正式，百试不爽，好神奇。

几何形现代感令你时尚张扬，民族风助你波希米亚，纤细精致予你职业感、当然钻石宝石啥的闪啊闪彰显华贵，不同场景不同需求有不同的安排。

日常生活中找到最适合自己气质与脸型的耳饰很重要，东方女性还是比较适合日韩系的精致耳饰，人长得大气可以夸张些，但能hold住的真心不多。每次看到非常有设计感大尺寸的耳饰都会被深深吸引，但那终究不是我的菜。寻寻觅觅，终于心有所属，为自己的耳垂找到了最妥帖的伴侣。

大爱日本的轻奢品牌Agete，小，非常小，纤细，简直不能更纤细，多变、叠戴，这些元素个个都打到我心坎里。尤其是它的各式各样的随意搭配组合，根据时尚趋势或是心情变化而尝试改变，正如服饰穿着的更替，感受珠宝搭配带来的愉悦心情，我常常觉得它是平凡日常生活的一个有趣游戏。

另一心爱是Michael Michaud的植物系古典耳饰，这位当今珠宝首饰领域独树一帜的元老级设计大师，毕业于罗切斯特理工学院，二十多年钟情于植物花卉的首饰创作，他创造的"自然复制法"工艺铸就了世界珠宝艺术界的传奇。Michaud利用类似于失蜡技法的铸造技术（这是一种在青铜时代就流传于古希腊和古罗马的雕塑工艺，曾经用来建造纪念雕塑），并创造性地使用了植物真实的叶、茎、花、枝等元素取代石蜡铸模。模具加热后，有机物燃烧殆尽，模具上则完美保留了这些植物的1∶1雏形和纹理细节，设计师再用手工雕琢，镶嵌珍珠、珊瑚、半宝石等元素，一件件精美的珠宝艺术珍品就此诞生。

源自大自然、青铜质感、复古、低调内敛，当耳畔串起这样的美物，人好像也变得更美好了。

先生说："我最喜欢看你早上出门前对着镜子戴耳环的样子，不像平时那么凶……"好吧，本来一句很浪漫的情话能被说成这样，真不知该喜还是怒。但不管怎样，女人"对镜贴花黄"的时刻内心一定是娴静而平和的，姿态也是优美的吧。当你把那精巧的宝物挂上耳梢，是为耳畔穿上了件小礼服，更为自己的生活奏响了一支小小的圆舞曲。这一点美妙，连理工男都看出来了。

窗下清风

——

草色遥看近却无

前段时间至亲的人动手术住院，张罗陪护，医院里进进出出，满眼都是病人的不堪与焦虑。身体的痛楚、无尽的各种检查等待，足以令人抓狂。医院白炽灯下的漫长时光会令人麻木，因此从医院出来就像一个从监牢里放出来的人一般，坐车经过平日熟视无睹的街区，却觉着从未有过的放松感。车过农讲所，朱墙金瓦红棉，在夕阳下光影婆娑，檐下行人匆匆，像闪过的一幅画。我曾经无数次在这画中走过，身在其间，浑然不知，从未体察到它的美好与可贵。司空见惯的场景，当你抽离出来远观时，它有了另外一种不同。

唐代诗人韩愈那首《早春呈水部张十八员外》中有"天街小雨润如酥，草色遥看近却无"的名句，王维也有"青霭入看无""山色有无中"这样类似的绝美佳句。远看似有，近看却无，是对山色春光诗意的审美，在诗人眼里，人间美好，远望近观各不同，角度相当重要。美景如此，生活何尝不如是？人生恐怕也概莫能外吧！诗人的美学实际更是人生哲学。

生活中常会有这样一些经验，比如在记忆中曾经特别美好的人与事，时过境迁，当再次相遇，你发现早已不是你心中的那个模样，后悔相见不如怀念；又比如当年当时曾令你觉得大过天的重要事，现在看来真是风轻云淡，不是什么事儿；再比如，身边日日对着的人并未觉得他有多优秀、多可贵，某天在某个非日常场景中你豁然发现原来他也光彩夺目。可见，对于风景，有时需要调整取景框，虚化的朦胧比特写更出彩；某些味道靠想象比真正尝试更美好；有些事要回过头看才看得清；有些人要保持距离才见其风采……这"遥看"，或许隔着时间，或许对应着空间。时与空是解答人世间一切困惑的钥匙。

对于生活，深入沉浸其中，往往只见日常，忽略了一些珍贵的东西。有时需要抽离出来，远观，生活之美之深刻才会呈现；有时需要跟生活的细碎保持适当的距离，距离不仅产生美，它还会令我们清醒。当然，这并不容易。独处、阅读、写作是我帮助自己在惯性中抽离的方法，因为在这个过程中需要不断地思考与追问，也许认知不可能质变，但判断至少得到了妥善的梳理，然后就会发现一些有趣、一些新奇，偶尔闪现一点儿电光石火的小火花。然后，才能有力量欢天喜地地投入到烟熏火燎的生活之中去。

生活之美是这样，生活本身更是如此。每个人都有自己的局限，很难突破，跳出来看自己看生活，才能发现真相。

不禁让人想起一个故事……

清晨的一声枪响，打破了紫藤巷社区表面的宁静，崩溃的主妇Mary Alice Young自杀身亡于自家美好的客厅，于是故事奇妙地展开了。死亡使Mary获得了新的视角注视曾经熟悉的生活，环顾自己、家人、朋友乃至邻居们的一切：人们如同她曾经的自己，并非如表面上那么完美而平静，被揭开的生活真相甚至令人绝望。

是的，这就是那部经典美剧*Desperate Housewives*（《绝望的主妇》）的开篇，也是它最让人惊艳的地方，死者Mary以语调轻松活泼、辛辣反讽调侃有时还带点儿甜美的画外音向人们娓娓道来，讲述了整整八季发生在紫藤郡那些红墙绿瓦、花园草坪、文雅社交背后的鸡零狗碎、谋杀、背叛与谎言，当然也有母爱、友谊、真情、反省、救赎这些人性中的美好。已死去的Mary居高临下地俯视着人间悲喜剧，饶有兴致地重新审视那些原来貌似熟悉的一切，灵魂发现了生活本来的面目。这就是上帝的视角吧。戏剧化的神奇的"遥看"在此有了哲学的意涵——在长出"死亡之眼"前，我们其实都是亡命徒。

这部风靡全球的美剧的深刻之处正在于，换了个角度去撕开人生温情脉脉的面纱，冷峻而残酷、幻灭却真实。人性不就是这样吗？有风和日丽有暗流涌动，有温馨祥和亦有阴暗沉重，所以我们才又爱又恨、又哭又笑。而此剧最高明的地方是最终设置了一个温馨完美的结局，几乎所有的人都各得其所。在残忍地撕裂了生活中种种伤痛与苦楚后，最后告诉我们，尽管每个人的生活都不完美，但我们仍要在绝望中前行。世间万事并无终始，善恶本是选择，人生也只是一场修炼，若非圆满的结局怎能指引人心向着光明良善的方向？在不得不结束的第八季，剧终，已成为天使的Mary Alice Young告诉我们："那些曾与紫藤郡有过交集的灵魂，在他离去时，都注视着她。他们看着她，正如他们会看着每一个人，他们希望活着的人能够学会，抛开愤怒和悲伤，抛开苦闷和遗憾，希望人们能记住，即使是最绝望的生活，也都如此美妙。"她点出了绝望的解决方法：人性，知道它的恶，就更要寻求可贵的善；人生，越是了解到它的苦，就越要尝试捕捉它的美好。关键是怎么看，如何去面对。

我们当然不可能有《绝望的主妇》那样灵魂俯瞰人间真相的机会与可能，但在忙忙碌碌、营营役役之余，总要留点儿时间、空间，抛离生命的惯性，以灵魂的视角审视一下生活，发现那些不同的意义世界，为美好而欣喜，为缺憾而清醒，为更好地面对人生汲取与积淀力量。

"草色遥看近却无"，这是我所理解的一种生活美学，更是我探寻的一种生活哲学。

专注的愉悦

每当看到有人在热热闹闹的人群中，面对来自四面八方的声音能够左右逢源、应对自如，有人在和朋友聚会时可以同时轻松做许多事情：饭也吃了，调皮话也说了，美食在朋友圈同步发图不落下，瞅着间歇还能给下属打个电话交代下工作……每每此时总暗暗自卑，觉得自己好笨呐，埋头吃饭就来不及说话，跟A沟通就顾不上B，做了这件事就没办法兼顾另一件事。信息处理能力差在现在这个时代真是硬伤，甚至在微信群上聊天都是弱势群体，因为反应慢好几拍，刚搭上这句茬就赶不上下一个话题小高潮，罢了，选择沉默吧。

但，人在喧闹与庞杂的信息中真的愉快吗？生活好像随时随地都在发生着变化，热点话题随时一个花样，移动互联让我们半天不刷屏好像就跟不上节奏了。日常已令人无法平静无法专注：时间是碎的，信息是来不及消化的，情感是快餐式的，人心是浮的，节奏是加速度的……在身边尽是眼观六路，耳听八方的大神，快速转换的思维与关注点，焦虑着、忙碌着同时也茫然着的人们。

在吵吵闹闹、纷纷杂杂中，缺少了什么？

缺少了一针一线、一笔一画、一斧一凿、一心一意的美妙吧。

真心佩服这样的人：也许未必有什么大成就，但专注。心无旁骛，把一件事情做到极致，哪怕这可能是看似平常的一件事。我想拥有专注与执着应该是很快乐与踏实的吧。

说到专注，说到精益求精与执着，不得不提日本人。日本真是个很奇特的国家，如果要区分一个日本人与中国人实际上是非常容易的，略观察一下神情你会发现，日本人的神情往往专注而木讷，中国人的眼神肢体动静则活络多变。在日本有很多小小的寿司店、拉面料理店，店面小得可怜，仔细一了解却令人吃惊，不起眼的河鱼料理店可能是源自江户时代的！小小的生意两三百年的历史，几辈人传下来，从曾祖到爷爷、父亲直至儿子，任世事风云变幻，几代人认认真真只专心做好一件事。韩国中央银行曾对世界四十一个国家经营历史超过百年的老铺企业做过一个统计，二百年以上经营历史的有5586家，其中日本竟然占了3146家。精益求精、坚韧不拔和守护传统的"职人精神"令人敬畏。记得看过介绍被誉为"天妇罗之神"的早乙女哲哉的文章，他十五岁开始修习天妇罗技艺，炸了半辈子天妇罗，而且只做这一种料理。文章有这样一段早乙女哲哉的自述："每次制作天妇罗时我都会想，现在这种做法是不是最好的，不停地确认，不停地将新数据存入脑海，不停地改进……即使只来一个客人，也要给他最好的天妇罗……每天都这样在料理台前默默工作，一门心思做着最好的天妇罗，看似周而复始，其实每秒钟都有新收获、新乐趣。我觉得我是在做世界上最好的工作。"认定了一件事坚守到底，这样的人生无趣吗？我想对他而言一定是快乐的，因为专注笃定，所以纯粹。

一生只做一件事，一辈子只爱一个人，一次只见一个人。只有心静下来，才能听见纯粹的声音。且不说一辈子，实际上任何事坚持十年，这本身已是一种无与伦比的美好了吧，无关结果。我一直觉得专注中的人是最美的，在看似日复一日的重复劳作中，所有精气神都凝结在当下，倾注于手中，循着自己的心愿，那是一种怎样的快乐。我记得在很多很多年前，曾经痴迷上写字，坐在我们家院子里的花架下，什么也不想，只管埋头写啊写啊，抄完了《全唐诗》抄《宋词选》，厚厚的几大本……那种愉悦已经很久很久没有过了。

　　这一两年，发现人们对所谓"匠人"精神开始推崇起来，都市白领们开始时兴手作、烘焙、DIY，是啊，我们多久没有穿过自家裁剪的衣裳，吃自己种的菜，用自制的小木勺吃饭，拿自己制的陶器盛物了。也许人们已经开始对那些充斥我们生活每个角落，大工业化生产的标准化产品产生厌倦，但我想更多的是人们开始羡慕与怀念手工匠人一心一意、平静简单、内心幸福的专注吧，对当下的人们来说，这是多么奢侈的事情！湖南卫视著名主持人汪涵出过一本书叫《有味》，表达了对古老手工艺的痴迷与对传统文化的向往。汪涵在书中描述了木匠、墨工，制折扇、油布伞等等古老手艺、匠人，配了很多图，文字真诚，从张张专注的神情中，我想汪涵不是附庸风雅。他自诩为烟火神仙："每天在五光十色的灯光下面对成千上万的观众，那就是做神……仙就不一样了，仙是独处的，是自由飘逸的……所以神仙两个字特别符合我这种张弛有度的生活，一边身处繁华，一边需求宁静。"由此颠覆了我对一个娱乐圈人士的过往认知。

农业社会的手工劳作方式基本上留存在我们记忆的深处了，于是有人开始回归山林，有人移居乡野，建一处宅院，种菜、浇花、养鸡、喂狗、喝茶、写字、画画、赶集会友、晒太阳……真是心无旁骛地专注生活了。发现选择归隐生活的通常是艺术家，也许这样的人群更超然、更特立独行吧。据说，陕西的终南山上有不少现代山居隐士，美国汉学家比尔·波特多年前曾写过一部寻访中国现代隐士的书《空谷幽兰》，讲的是20世纪中国隐士的真实故事，老美在书中流露出对中国传统隐逸文化的高度赞叹与向往。他可能想不到今日中国，终南山上又开始了新的隐逸之风，只是今日的山居与他笔下苦苦修行的隐士不同，形式上回归了，但在精神内核上还是与现实世界千丝万缕吧。不管怎么说，人们开始反思，开始付诸行动，开始慢慢体悟"春聆鸟鸣夏听雨，秋醉菊香冬焙酒"的妙处，专注于生活本身，这需要智慧与勇气。

　　也许对平凡如我的普通人而言，养花种菜、喂马劈柴、织布放羊的田园牧歌只能在梦中，但我想，至少在每天的营营役役之后，我们可以把家门紧紧关好，认认真真诚心诚意地为家人做一餐饭；无功无利、心境澄明地慢慢读一本书；不迎合不虚伪地写下一段自己想说的话。坚持而专注，日复一日、年复一年，生活一定不会薄待这样的我们吧。

装时代，论逼格

去年新华社发布了最新修订版的《新华社新闻信息报道中的禁用词和慎用词》，其中"装逼"这个词作为不文明网络用语赫然在列，但窃以为，实在没有哪个词能这么充分且形象地表达关于装的特质、状态与内核，所以尽管略显不文明，还是很深入人心的，所以尽管正规新闻消息报道中不能使用，我这非官方的瞎掰扯还是想拿来用一用。更何况，关于"逼格"这件事实际上是个很深刻的话题，甚至是个非常严肃的学术议题，谈好谈透也是需要有点儿"逼格"的，所以我就姑且用"论"吧。

社会学有本必读书，欧文·戈夫曼（Erving Goffman）的《日常生活中的自我呈现》，小小一本，却极为经典。不知为什么，当去年人人都在讨论那部热播剧《我的前半生》时，我第一时间就想起了它，戈夫曼的日常生活表演理论真是精准而深刻。

此剧太火，不赘述。虽说把上海中产虚荣要面子的部分特质刻画得有些用力过猛，上海人说的"作"，我们广州人说的"扮嘢"，大致就是这么个意思。

在中国近几十年的现代化进程中，文艺青年、小资人群可谓装逼的鼻祖，后来衍生出各类多元流派，物质派、精神派、技术派、碾压派等等不一而足，到移动互联网时代，技术搭建的平台使"装"与"晒"同构，达到新高度。无论分支风格派别，归根溯源，他们的共同特点无非都是在装中凸显型格，在装中获得自信，在装中确立区别度。对仪式感的追求甚至高于生活本身，以此获得心理优势与符号化的"幸福感"。

或许人们在使用这个词时多少带着调侃，偏贬义，我倒觉得"装逼"是个中性词。除了涉及人的虚荣本性外，"装"实际上隐含着非常丰富的社会、文化、经济象征意义，甚至有其深刻的社会合理性。

正如戈夫曼的拟剧理论认为，人们就如同演员一样，预先设计、展示自己的形象，并进行表演以期获得好的效果。人们需要在日常表演中建构自我。

而更为深刻的是，人们更需要在"装"的过程与结果中通过文化资本来区分社会阶层。

当代法国最具国际性影响的思想大师皮埃尔·布尔迪厄（Pierre Bourdieu）1979年出版了他那部著名的洋洋洒洒的巨著《区分：判断力的社会批判》，为我们揭示了文化资本的真相，也戳了中产者的软肋。

他认为生成趣味的判断力机制并非之前康德说的源自人类的先验的综合判断，相反，任何趣味都不是自然的和纯粹的，都是习性、资本和场域相互作用的结果。他以大量的社会调查统计为基础，研究人们如何通过制造稀缺性，增加其符号象征价值来凸显"差异"和"优越性"，文化的立法者试图由此拉开与下层的距离。

你喜欢博尔赫斯还是安格尔？你听《千里之外》还是《自新大陆》？你玩儿保龄球还是潜水？你穿Zara还是某新锐独立设计师品牌？在经济资本之外，社会就是这样冷酷地以趣味和文化消费的"区分"来划分等级的。

韦伯早就说过：在经济利益之外，声誉、权力、生活品位和宗教信仰等因素同样参与了阶级的划分。的确，否则就无从解释人们何以歧视"暴发户"了——没有钱是万万不能的，只有钱也不是万能的。布尔迪厄的创造之处在于，他将马克思的资本概念扩大为三大形态：经济资本、文化资本和社会资本。

经济资本最直接也最有效，以金钱为符号，以产权为制度化形式，可以从一代人传递给下一代人，并可以很轻易地转换成其他资本。社会资本是以关系网络为核心的资源，或在关系层面拼祖上、拼爹妈、拼校友、拼圈子，或在社会地位层面拼头衔、拼人品、拼履历、拼声望。而文化资本最为复杂，也是布尔迪厄着墨最多的地方，他把文化资本又分成身体形态、客观形态和制度形态。

身体形态的文化资本表现为个人的审美趣味、学识教养、风度技能等，它是一套培育而成的倾向，通过社会化而加以内化，附着在个人的身体上，可以通过积累而习得，但是无法通过馈赠、买卖和交换的方式进行传承。客观形态的文化资本表现为物质性的文化工具，比如藏书、乐器、科学仪器；也包含商品性文化财富，比如现代派的藏画、老坑的翡翠、名人的藏书票。制度形态的文化资本，是经过制度的程序标示出来的资本，最典型的如文凭和资格证书，它们是某些领域的入场券，精英名校的毕业证比什么都掷地有声。

在某种意义上，现代社会是一系列相对自主但结构同源的，由各种形式的经济资本、社会资本、文化资本组成的生产场域、流动场域和消费场域。在这样的社会中，划分阶级的依据是每个行动者所拥有的资本的总量和资本的结构，每个行动者所掌握的资本总量和资本结构界定了个人生活的可能性与机遇。而当下，文化资本作为一种具有特殊积累法则、交换法则和运行法则的资本形式，正在变成越来越重要的社会分层的基础。

在20世纪70年代的一项西方调查中，教授、自由职业者、企业主可以通过三种体育运动加以区分：教授的贵族禁欲主义在登山中找到了最典型的表达，既能支配自己的身体又能支配常人无法企及的一种自然，从而以最低的经济耗费赢得最大的卓越、距离、高度和精神升华；自由职业者的健身享乐主义体现为开船出海、远足滑雪，它们既是最有声望的体育运动，又能脱离聚集的人群；而企业主则青睐能附加社会关系资本的高尔夫球，他们从高尔夫的贵族标签、广阔的专门场地、殷勤的球童那里获得归属感。

普罗大众忙于生计，对这种有闲阶级的享受不以为意。最苦的是中间夹层，他们唯上层的马首是瞻，却又不能洞悉其中的秘密，在势利的"占位游戏"中捉襟见肘，筋疲力尽。所以怎么办呢？唯有"装"。

中产阶层凭头脑、思想与专业技能立足，但在社会的既有机制内，一个环节、一个岗位，理论上来说是随时可以被替代的，他们无法自主把握自己的时间、精力与身体，因为焦虑、脆弱、不甘，更需要以标签来确立个人价值。

美国学者保罗·福塞尔（Paul Fussell）在《格调》一书中毫不留情地嘲讽所谓的中产趣味：细细把玩一些兴趣爱好，在海边晒太阳，周末全家自驾游，阳光、草地与野餐，以优越的生活方式幻梦自己在标签化的生活符号之中。本质上这是中产阶层在不断挤压的现代社会试图夺回自己身体与时间的支配权——人生何处不是战场？消费、健身、婚姻、教育，甚至一切。于是我们看到各式各样的"鄙视链"。

英国小说《贵妇画像》中，中产女性伊莎贝尔·阿切尔与梅尔夫人有一段很值得玩味的关于穿着的对话：伊莎贝尔说她身上的衣服只在展示她的裁缝，而表达不出她的想法与喜好，穿这些衣服是"身不由己"，这都是社会强加在她身上的。对此，通透的梅尔夫人简单而又狡猾地回答了一句："你愿意出门的时候不穿它们吗？"

社交网络时代为人们的日常生活表演提供了更为便利的舞台，微信尤甚，"晒"这件事就是线上的自我呈现，直播让表演登峰造极，自导自演还负责一条龙编辑剪辑后期。

于是，"你热爱美食，每次花十分钟炒菜，二十分钟摆盘，三十分钟拍照，拍好导进Photoshop里用康熙字典体配上两句文言文，传到博客上豆瓣上微博上；你背包，你户外，你特立独行无所畏惧，你穿Columbia防水鞋、North Face冲锋衣，你用GPS迷了路，在黄山的雨夜里发出求救信息；你读书写字做主妇，你把体内毒素分泌成畅销书，你解答粉丝来信，聆听读者倾诉，你款到发货，话到病除，你忙着生产一种叫正能量的东西，没有它，你的读者将无以为继，夜夜痛哭；你从流行听到爵士，从摇滚听到古典，别人问起你最喜欢的歌手，你四十五度角仰望星空，眼神虔诚地说出一句"In Bach We Trust"，念到Bach的"ch"时上腭抬高，发成'喝哈'轻读加连读的效果，一口纯正的小舌音……"可怕的中产，你的内心戏真是太丰富！

　　一个急剧社会分层的年代，谁又不是在装呢？若论高下，只是有人装得自然优美些，有人装得生硬难看罢了。但装出来的优越感，却常常脆弱得不堪一击，这是中产的心病，更是时代的悲哀。

技术男的春天

前段时间，谢耳朵不动声色打飞的向艾米求婚的桥段被刷屏，被 *The Big Bang Theory*（《生活大爆炸》）迷们反复传诵，我们都爱的理科奇葩谢耳朵以他独有的方式制造了天才宅男的浪漫，真好看，也完美地为第十季画上了句号。

是啊，这部由CBS（哥伦比亚广播公司）推出的风靡全球的情景喜剧，从2007年至今，竟然也有十年了，陪伴我走过了无数个做不出论文的通宵，郁闷时看看，真是得以解忧。而这十年，因为互联网、因为数字技术、因为大数据云计算、因为人工智能，世事巨变，科学家、"攻城狮"和"程序猿"这类物种不知怎么就火了起来。不得不承认《生活大爆炸》的先见之明，所以十年间该剧包揽数个重要奖项，圈粉无数是不无道理的。它至少获得过一次金球奖、八次艾美奖、四次"人民的选择"奖等等。

黑洞辐射，暗物质和暗能量，弦理论和膜理论，多普勒效应……海量的信息和前沿科技，真是让人欲罢不能。除了四个超高IQ技术男蹩脚的科学式撩妹大法外，最大乐趣就是看谢耳朵抖落最新的科技小包袱时，那狡黠的迷之笑容。

实际上我就是我们家的佩妮。举个例子，当遇到重大的不确定事项需要决策时，家里的老技术男忙着建模以得出最优选择，小技术男开始为此编程序以计算选择成功的概率，他们忙乎的时候我在边上有点儿无所事事，很想贡献智慧，故作机智地说"我认为这个选择是可行的"，果然吸引了注意，在热切的注视中，我接着说："理由嘛，直觉告诉我肯定行，要知道女人的直觉是很准确的……"然后，就没有然后了，整晚再没人搭理我。

夹在我们家的极客中间，我常常不知所云，一片迷茫，特别是他们在讨论"薛定谔的猫"、超固体的梗，飙技术术语时，我智商几乎为零。为了不太煞风景，只好不懂装懂。更让人沮丧的是，在外面的日子也不见得好过，近年真的明显感觉世风变了，连人文研究都搞数据挖掘了，参加个学术会议小鲜肉学术明星说的话我都听不懂……在科学的春天里，我遇到了冬天。

然而，就在这内外交困的日子里，佩妮不也活蹦乱跳地生存下来了吗，IQ被碾压，成为学科鄙视链的末端又怎样？谁让咱情商高呢？

这也正是我爱《生活大爆炸》的理由，科学融入生活场景，在搞笑中科普，以有趣的方式让我们这些凡夫俗子去了解科学，尤其神奇的是，它还有一个将大众与科学连接的妙招，像科学家斯蒂芬·威廉·霍金，拳王Tyson，物理学家Brian Greene、George Fitzgerald Smoot III，航天员Buzz Aldrin等现实生活中的真实大咖都曾经在剧中本色客串过，多多少少让我们比较轻松地解决了许多科学概念的认知。正如霍金向该剧颁发霍金科学传播奖章时所说："科学传播让科学成为日常生活的中心，让每个人都参与进来，无论小学生、政客还是拿退休金的老人。当你把科学带到人的生活中，你也开始把人带到科学领域来。这对于你我，以至于这个世界来说，都很重要。"

同理，那部以色列历史学家Harari写的《人类简史》为什么会那么畅销？按理说这并不是一个很吸引人的题材。但这部介于学术与科普之间的著作，其中亦学术、亦大众甚至亦娱乐的叙事方式，对于习惯了长篇大论、晦涩艰深（有时并非必要）、碾压式炫技的学术论文或著作的普通读者而言，真的是一股清流。它宏大却又见微知著，从生物学角度讲述了人类演化，用历史学的眼光阐释了社会理论，最后回归到人类最困惑的个人内心幸福感的探讨中。从二百五十万年前的南方古猿叙述到当下的人类，超长的时间跨度下，勾勒了一幅宏大的人类社会演变图，以涵盖政治、经济、宗教、文化等庞杂的素材，串起整个人类发展史的几乎所有重要话题。单从这一点看，此书已是震撼，这么宏大的内容，Harari却驾驭得很好。他提出的人类社会是构建于虚构的故事之上的，整个人类社会的前提是发达的讲故事（Story-telling）的能力，"小麦驯服了人类"之类的观点令人脑洞大开。

所以，为什么在作家里我喜欢冯唐？因为他是医学博士啊，为什么在物理学家里喜欢李淼？因为他是诗人啊。在科学的春天里，The smart is the new sexy！

战拖进行时

　　"拖延症"近年来是热词，据说现代人尤其是都市年轻人多发。我承认我也得了，且严重。我们小时候没有这么时髦的概念，但"等明天"的故事从小就听，一天等一天，最后拖黄了，一事无成，大人教育说，这就是懒惰，必须克服。看上去与拖延症的内涵本质是一样的，但实质上懒仅仅是其表征，拖延症是病，"懒癌"的说法很形象，这是种心理病，或者更准确地说是种心理障碍。

　　为什么要拖？你心心念念做梦都想着的事儿会拖吗？恨不得不睡觉立马就办了。说白了，对为难的事不情愿的事才会拖。我试过很长时间是这样一种状态：在巨大的任务压力下就是不动，不是没时间，各种晃悠磨叽甚至变本加厉地吃喝玩乐、通宵煲剧，实际上内心是痛苦的，因为终究是拖不下去的。终于到了拖无可拖的时间点，于是一阵疯狂的赶工，没日没夜，在deadline的最后一刻交货，松了口气，九条命又去了一条。然后又一个循环往复。这绝对是病，发展到晚期，压力越大就越拖，可见对要做的事情不情愿到什么地步啊，却又避无可避，一天又一天，毫无乐趣可言。如果是自己喜欢的，哪怕高难度，也会赶着去做。问题是，人生在世，面对的大多数是不情愿，真苦啊。

看过央视《开讲啦》的一期节目，演讲嘉宾是当下国内顶尖的学术明星，即将赴普林斯顿大学任教的颜宁，颜值真高啊，声音好听，思维与表达一流，总之就是个大写的聪明。一切都完美，唯一有点儿不能接受她在表达自己对科学研究的发自内心的真爱与真好奇时，一副理所当然理直气壮。你这样的学霸是少数好不好，是非人类好不好，大多数如我辈，那是得逼着自己、得强迫自己、得有多大的自律才能面对的事情啊！看多了这样的内容不仅不励志，反而会让人想放弃人生。

倒是曾经流传在坊间的《胡适留学日记》让我有了继续活下去的勇气，片段如下：

7月4日：新开这本日记，也为了督促自己下个学期多下些苦功。先要读完手边的莎士比亚的《亨利八世》……

7月13日：打牌。

7月14日：打牌。

7月15日：打牌。

7月16日：胡适之啊胡适之！你怎么能如此堕落！先前订下的学习计划你都忘了吗？子曰："吾日三省吾身。"……不能再这样下去了！

7月17日：打牌。

7月18日：打牌。

……………

这个让人好安心，连大师都有这样的时刻，平凡如你我，为啥就不能原谅自己了呢？

以上都太感性的话，那么我们来点儿科学。

瑞典心理学家哥尼流·科尼（Cornelius König）和马丁·克莱茵曼（Martin Kleinman）曾做过一个定量实验，对三十个学生在二十一天期限中如何准备考试的过程进行记录，结果显示学生会在截止日期到来之前集中突击。

心理学家认为拖延和截止日期之前的突击行为是一种典型的时间管理现象，人们永远低估未来事件的后果，对于有时限的工作，在没有死到临头之前都会选择不做，而随着截止日期的到来，日益增加的压力会迫使人们完成工作。拖延行为可以追溯到大脑的工作机制上，当面对一个你不想做的工作时，你大脑中的两个阵营就开始打仗了：一个是控制潜意识和愉悦感的边缘系统，另一个是主管思考、决策和执行任务的前额叶皮质。前额叶皮质说："去工作。"边缘系统说："不。"于是你的工作被拖延到了明天。

还有更牛的，杜拉克维茨利用美国国家科学基金会掌握的大量一手数据，选取了十个提交时限超过两个月的大项目，每年的申请人数超过一千人，他发现申请的提交量与剩余时间的关系可以用一条双曲线拟合。杜拉克维茨的模型非常简单，没有涉及学校行政部门的延误等客观原因。然而，这个模型对拖延行为的预测吻合度非常好，甚至没有任何校正参数。

所谓杜拉克维茨拟合的曲线，$N(t)$ 为第 t 天提交的申请量，M 为最终提交的总申请量，D 为提交期限的总天数。公式中 C 是和 D 有关的常数，用来校正 t 很小的情况，公式右边的第二项用来将曲线平移到图中的位置，让 t=0时，$N(t)$=0。

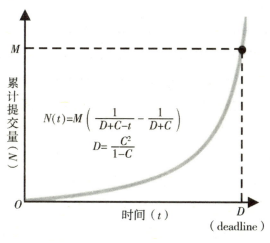

$$N(t)=M\left(\frac{1}{D+C-t}-\frac{1}{D+C}\right)$$
$$D=\frac{C^2}{1-C}$$

万有拖延定律

杜拉克维茨管这个模型叫"万有拖延定律"。对各种活动或项目的组织者来说，这个公式有非常实际的应用价值，工作人员可以提前预见到截止日期当天激增的提交量对系统的冲击。杜拉克维茨还提醒习惯拖延的申请人，双曲线在渐近线（截止日期）附近趋向无穷大。最终，你也许能在强大压力下完成工作，但无法回避的问题是，当你在一边拖延一边等待死线到来的时间里，失去的是检查结果、修正错误和挽回可读性的时间，你很可能因此被拒。

是的，这些道理我都懂，可我依旧无法不拖延。有病还是得治啊，苦寻药方。战拖的过程堪称血泪史：

打鸡血式的励志见效最快，类似发高烧打一针退烧药，立竿见影，但病根还在，很快复发。

设定严格的目标与日程计划。

事情一件一件地完成。

不要太追求完美，先完成。

甚至还买了本《7天治愈拖延症》的行动指南。

…………

说到底，无论如何，方法归根结底就一个：自律自律还是自律。拒绝沙发、拒绝电视、拒绝手机，甚至拒绝人群。

好像终于有一天，想通了，还是得从源头治。一部叫《博学无术》的电影专门讲述大学研究生拖延的故事，电影最后对我们说：每当我感到焦虑，我就问自己一个问题，我真的在乎吗？重要的是我对我选择的事业是否充满激情？所以，尽量做那些自己没有心理障碍的事吧，做自己认为有趣的事，哪怕在旁人看来无用，我高兴啊。

美貌是慈眉善目的枷锁

新年伊始，展望大计，但觉得先要对一件事情进行些反思，一件我曾经认为理所当然且狠狠歌颂过的事——美貌。

把新衣服运回家，花上一两个小时，穿上身对着镜子左照右照，搭完鞋子配袋子，然后想想好像没有能配得上的丝巾，合适的丝袜也得添置了，周末是不是得到那家很合心意的店去巡巡？不行趁下月初出差正好去扫下货……相信这是很多女性的日常。统计一下，为了这一身的行头，耗费的精力无数，金钱不说，还有时间。为了什么？好看，别人觉得你好看，为容颜加分，成为一个美貌的女子等等。

在颜值即正义的当下，这些都是合理的，"女为悦己者容"也早已进化为"取悦自己"，女人爱美不是最正常的事吗？貌美如花不是我们自觉的追求吗？问题是——这世上的女人都能貌美如花吗？这是多可怕的不切实际的追求。甚至我常在想：女人真的就是天生爱美的动物吗？还是规训的结果？

每个小女孩都有性别强化的社会化过程。以自己为例，小时候"上山下海"，脖子上挂个家门钥匙，后面跟着弟弟，一放学，爬树翻墙，在小朋友的江湖争强好胜，甚至为解救被人欺负的弟弟还打过架……完全没有什么性别意识。记得我真真正正在容貌这件事上开窍与启蒙是在初中一年级（好像有点儿晚哈），有一次跟我妈在路上遇上语文老师，站着聊了两句，我在旁边偷听，我最喜欢的温柔老师对我妈说："……不错的，小姑娘很秀气……"一句话真是醍醐灌顶，那天晚上我是第一次认真地照镜子，真正评估自己的长相，原来自己很秀气！从此开始了对容貌的在意。在后来的不断强化与自我认知建构中愈发不可收拾。那么，这是天生的吗？

不得不承认，这些年我变得越来越颜控：嗯，她很成功，可惜长得不好看；虽说水平差了些，皮肤可真好啊，算了不计较了；这么帅的男人，另一半怎么长成这样？不般配呐……

这实在——需要警惕。

美貌对于如你我的芸芸众生而言实际上是个伪命题，美得倾国倾城、不可方物者除外，此类稀有物种是特殊的存在。

以美貌为追求很累。如果都以这世上最受老天眷顾的美貌之人为样板，恐怕绝大多数人会陷入外貌的焦虑。毕竟天生丽质者是少数，非要以高标准要求资质平平的人，要么靠道具，要么后天人工改造。美颜相机是自欺欺人，化妆术也解决不了卸妆后的尴尬，至于美容动刀子吧，成本高风险大，且还是假的。适当的美化是造福世界的合理追求，谁不喜欢美好的令人愉悦的脸蛋呢？但成为终极的追求与执念，很可怕，过了就是病。

维系美貌更累。当以美为唯一的正当评价标准与行动准则时，生活似乎本末倒置了。更何况美人也会迟暮，谁能以一己之力抵挡容颜的老去？什么冻龄、逆生长，那不是妖怪吗？我喜欢的明星张曼玉年轻时很美，老了就是老了真实的样子，因为对她而言，美貌不是她的唯一，失去了也没什么好惶恐。她说："人不是一定要美，而是要有意思，做人做事有意思，我觉得美不是一切，它很浪费人生。"四十岁息影后的张曼玉用行动证明，她反正也美过了，现在要的是有意思的人生：唱歌、写词，玩涂鸦、户外，品尝美食，学电影剪辑。五十三岁的她，脸上有抬头纹和鱼尾纹，暴瘦，歌唱得说实话也并不好听，但她自己开心。偶尔参加公开活动被媒体批太老，她才不在意。

是啊，如果连自然老去的自己都不能接受，怎么算爱自己？

徒劳地维系无法与时间对抗的美貌是跟自己过不去，我们用不着以男性的观看方式苛刻地审视自己。

以貌取人更是有问题。人们对美貌的认知在这个时代登峰造极，尤其是针对女性。你有能力是不够的，你必须是智慧与美貌兼具的，你很专业很职业也是不够的，记者须是美女记者，医生须是美女医生，教师要美貌，博士当然也得漂亮，从事艺术工作更加不必说，美貌是必需的。女人如果没有美貌，总是缺了什么，这隐含着一个男权视角的惯常逻辑，女人再强都是没有意义的，她需要的只是一个令人愉悦的身体。生活还不断告诉你那些因美貌而获得各种福利的"成功"故事，比如美人嫁入豪门，美貌获得更多的机会。甚至仅仅因为年轻，女性就可以获得更好的机会。在很多年轻女孩子对身为女性特别是漂亮女性享有"特权"而沾沾自喜时，却没有看到这背后的不平等与消解女性自我的恶意。

连闾丘露薇都说自己是"性别的既得利益者"，她说："当年，当我无意中踏进了一个并不预期女性出现的领域后，引发的是关于性别和勇气，而不是和新闻报道内容本身相关的赞叹。很多的男性观众，他们用一种男性凝视（Male Gaze），居高临下的俯视，对电视机镜头前，战乱中一个头发凌乱的年轻女性表达出一种怜惜的态度……人们先入为主地从性别，而不是个人能力谈论一个人，而这种预先的设定，也出现在其他很多职业当中，想想那些被媒体冠上'女'字作为定语的各种职业和头衔，从女博士，女领导……女司机。而我，成了性别不平等状态下的得益者，因为在能力之外，我还获得了别人附加给我，一个女性的额外赞誉。"

真是直指问题的内核，这份清醒更彰显了她的优秀。

当女性解放、女权主义一路高歌猛进，男权多少不那么赤裸与理直气壮了，表面上看似暂且搁置。而消费主义的长驱直入似乎更险恶，问题变得愈发复杂而隐晦起来。它告诉你，女人要对自己好一点儿，女人就要美美的，用各种各样蛊惑的方式暗示你：负责美才是女人的大业与正途。甚至连很多非常独立的职场女性也陷入消费的陷阱：努力工作，努力买包；奋力赚钱，疯狂消费。自己赚钱自己花，用物质来补偿与确认自己，这难道不是另一种沉沦？为什么只能用附加的事物才能体现我们的价值与存在感？消费主义的险恶真是无处不在，却又常常慈眉善目地隐匿在生活的每一个缝隙。

然后，在一个消费一切的时代，人被物化，美就是经济，颜值就是IP，无论男女。当人们津津乐道小鲜肉的美好时，盛世美颜下的花团锦簇蒙蔽了人们真正的思考、批判与认知，肤浅与苍白当道。

实际上人们对美貌的极度推崇不就是因为内心的匮乏，精神的贫瘠吗？之前诗人戴潍娜在"一代人的痛与爱"的演讲中说了这样一句话："今天的中国充斥着文化上的乞丐和智力上的贫血。我们这一代面临着智识和审美上的匮乏，陷入了一种审美上的法西斯主义——这个法西斯不是在歌颂精英，而是歌颂一种平庸、简单与谄媚。"

当消费使美貌工具化，当未来科技令每个人都可以被生产得很美，那么，什么是最可贵的与有意义的呢？卸下那个关于美貌的枷锁吧，它拯救不了我们，强健而丰沛的灵魂才能带来自信与自由。

关于买买买的"三八"随想

　　人是意义驱动的动物，所以需要节日，试想想，如果日子一天一天像流水一样过，没有哪天是需要特别记住或强调的，真是件挺可怕的事儿。

　　《小王子》中，狐狸被小王子驯养了，狐狸对他说："你每天最好在相同的时间来，比如说，你下午四点钟来，那么从三点钟起，我就开始感到幸福。时间越近，我就越感到幸福。到了四点钟的时候，我就会坐立不安，我就会发现幸福的代价。但是，如果你随便什么时候来，我就不知道在什么时候该准备好我的心情……应当有一定的仪式。"

　　小王子问："仪式是什么？"

　　"这也是经常被遗忘的事情，"狐狸说，"它就是使某一天与其他日子不同，使某一时刻与其他时刻不同。"

　　狐狸一句话道出了仪式于我们的意义，因为当我们回忆起这些仪式性的一刻，我们会感到生命中的某些片段在闪闪发光，生命需要很多这样的光照亮。

　　当然，"仪式"不是法国人笔下的小狐狸提出来的，而是另一位法国人。1908年，法国人类学家范热内普在他那部著名的《过渡礼仪》中，首次提出了"仪式"的概念。范热内普认为人的生命总是存在一个阶段向另一个阶段的转化，在转化的过程中就需要一个所谓的"仪式"。"每一个体的一生均由具有相似开头与结尾的一系列阶段所组成：诞生、社会成熟期、结婚、为人之父、上升到一个更高的社会阶层、职业专业化，以及死亡。其中每一事件都伴有仪式，其根本目标相同：使个体能够从一确定的境地过渡到另一同样确定的境地。"

他还认为，无论个体还是社群，都无法独立于大自然之外存在。大自然本身也受一种周期性的控制，如黑白昼夜、四季交替，这种周期性就体现在了人类的生活中。

所以，在人类的仪式中，包含了很多因天象过渡而举行的仪式，如中国人按季节过渡而设置的节气：冬至、夏至、春分和秋分，中秋节、重阳节。中国人的传统节日几乎都是在漫长的农耕时代形成，与天地相关的。靠天吃饭的漫长岁月里人与自然的关系密切，人们对岁月更迭、斗转星移有着天然的敬畏，感恩大自然的馈赠，庆祝辛苦劳作换来的收获，加强亲人间的感情，经过长期的劳作，约定俗成，渐渐地把某一天确定为节日，并且规定了完整严格的习俗。过年过节便成为中国人生活仪式的最重要部分，春节即是如此。

当人们告别农耕社会，技术进步、文化相互冲击融合，国际性的节日产生了，更多的是为了纪念，如劳动节、儿童节，又比如三八妇女节。

话说早在1857年3月8日，美国纽约的制衣和纺织女工走上街头，抗议恶劣的工作条件和低薪。在接下来的数年里，几乎每年的3月8日都有类似的抗议游行活动。其中最引人注目的是在1908年，将近一万五千名妇女走上纽约街头，并喊出了象征经济保障和生活质量的口号"面包加玫瑰"。1910年，第二次国际社会主义者妇女代表大会召开，国际社会主义妇女运动领袖之一克拉拉·蔡特金提议，以3月8日这一天纪念无产阶级妇女运动。

这就是三八妇女节的源头。

至今，三八妇女节已走过百余年历程，成为各国妇女争取和平、平等、发展的节日。

我们是怎么纪念这个日子的呢？作为一个"妇女能顶半边天"的国度，由原本的单位组织春游、看电影、化妆、插画培训一系列适合女同胞的益智活动，发展为当一天女王，比如让男同胞发红包、送礼物、做家务等等，这些也都还是符合"争取和平、平等、发展"的主旋律的，然后，好像一夜间我们都变成"女神"了，可怜才把"美女"这个词糟蹋完，祸害又升级了。"女神节"那个铺天盖地啊，于是我们在"买买买"中度过这美好的日子。节日经济、女性消费在这一天登峰造极。我们要的平等、尊重、自由、快乐在物质中获得了极大的满足。

而在刚刚过去的中国人最重要的节日里，忙前忙后，千里万里地赶回家，吃吃喝喝、聚聚乐乐、人情往来，吐槽春晚无聊，痛陈逼婚种种，无奈于聚会攀比，然后写回乡笔记……除了惯性，不知道多少人是真心觉得有仪式感、很快乐的？人一旦为了仪式而仪式，忘记了这个日子当初的本义时，实际上就只剩下外在的繁文缛节。

是啊，生活需要仪式感，仪式感让某一天变得不同。当这个不同变得模糊不清、意义不明时，周围的人群如何热络或喧嚣，也不一定会使我们产生仪式感。仪式感必须是发自内心的，是为我们自己所认同和相信的。

现代的社会，我们实际上一点儿不缺仪式，甚至生造个节日出来，这种与消费捆绑了的人造节日很需要警惕。异化了的仪式是苍白的，越是渴望越是看似泛滥实则荒芜，衣裳、包包、度假、瑜伽、打坐、电影、画画、抄经、高尔夫、小剧场、拍卖会、艺术展、周末的足球、一场说走就走的旅行、时代广场显示屏、纳斯达克的钟声……

越是虚头巴脑不确定的东西越需要仪式感，比如爱情、身份的认同感，旧的在哪里结束，新的又在哪里开始……在看得见摸得着的世界和看不见摸不着的世界之间，仪式如同一条隧道连接两端。

对于仪式感的需求，每个人都不一样，有的时候，我们需要一些个人化的仪式，来让自己的内心获得一种"确认"，才能使我们的人生，从一个阶段进入到下一个阶段。比如婚礼，是两个真正愿意共同生活的人，对这个特殊的日子的确认，可以创意无限与众不同，可以游走天涯快乐相伴，这一天应该是甜蜜而难忘的，唯独不应穿金戴银被裹挟着观看着成为一种形式一种例行公事甚至负担。

你我都需要仪式感，因为它能唤醒我们对于生活的尊重。

我们需要真正的节日，需要有仪式感。我们需要婚礼，需要毕业旅行，需要生日，需要春节，需要发自内心的三八妇女节，需要仪式感赋予生活新的意义。

实际上，直到21世纪的今天，女性还是没能真正解决那个"我是谁"的问题，找回迷失的自我，是妇女节的真义。

这一天，我坐在沙发上非常认真地梳理了一下自己当下的状态，精神的、物质的、情感的，问自己过去一年快乐不快乐，如果不够快乐该如何让自己快乐。没有很清晰的答案，于是花十分钟欣赏了下阳台上刚绽开的粉红色茶花（她们真应节），拍了几张照片，然后写下这段文字。

一个女人只拥有此生此世是不够的，她还应该拥有诗意的世界。愿姐妹们独立、自由、真快乐！

三十岁女人不愁嫁

　　情人节过了是"三八"，关于爱，关于女人、男人与女人的话题永远应景，有必要再说道说道。

　　当红民谣歌手赵雷唱了首《三十岁的女人》，一开首他就摆明了立场，他悠悠地吟唱道："她是个三十岁至今没有结婚的女人，她笑脸中眼旁已有几道波纹。"真是饱含深情的关切哇，一个三十岁还没嫁出去的女人真是可怜啊，接着赵先生十分体贴十分善解人意地替这类"弱势群体"感慨唏嘘了一把："三十岁了，光芒和激情已经被岁月打磨"，"我听到孤单的鞋跟声和你的笑，你可以随便找个人依靠"。赵雷一定很自信吧，三十岁未婚的女人们会被这怜惜感动得顾影自怜、梨花带雨吧？是的，一点儿也不违和，这就是当下中国男人的普遍逻辑与认知。问题是，女人们都买账吗？

　　见到太多年过三十、四十、五十……的女人，活得滋不滋润，跟婚不婚真是没啥关系，凡舒心开怀的，通常不是因为男人，而是因为自己。男人们的女性观还停留在20世纪呢——外表与年龄就是女人的价值，年过三十便意味着青春不复、人老珠黄，如果还未婚那就悲剧了。而现实中女人们的生活轨迹早已划向天际……先生们，醒醒吧，请睁大眼睛看看周围的世界吧，没有那么多灰姑娘等着王子来拯救。

再说那部当红的法国电影ELLE（译作《她》，港译《烈女本色》），六十四岁的法国国宝级女演员"佩姨"主演的，那才是当下女人的风情风采智慧头脑与行动力吧。讲真，看完这部电影我是很震撼的，与听完赵先生的歌之后的感受那是天与地。当然，她的故事有点儿极端，但女人的坚强独立冷静勇敢，乃至六十岁女人的风情万种是让男人更清醒地重新评估自己的一剂良药吧。男人们似乎还没准备好女人的那些改变，更无法应对男女角色的互换，但，这已是现实。

也是，这确是一个纷繁芜杂的世界，旧的未去，新的已来，身在其中，很容易困惑。好像当抱着适龄婚嫁、嫁个金龟婿、温柔贤淑、相夫教子是一个女人的必经之路幸福之门的想法，还是主流与大多数时，豁然发现，身边很多女性早已经是另一种活法了。二十岁的A说：恋爱可以有，至于结婚就算了吧，甚至恋爱也可有可无，因为合心意的男人太稀缺。三十岁的B说：有份可以养活自己还不错的工作，有着近期的远期的事业目标，学习进修充电，健身锻炼旅游社交，阅读演出展览各种安排各类约会从周一排到周末，忙都忙不过来，没时间寂寞。那么总有孤独的时候吧？四十岁的C说：这世上谁又不孤独？看了太多婚姻给女人带来的困扰，我可不愿再走进婚姻。

为后半生找个物质依靠？太难了，与其费心费力找依靠，再劳心劳力维系这依靠，不如努把力依靠自己来得踏实，范冰冰那句"我就是豪门"正是掷地有声的宣言；生理需求？哦，So easy，你懂的；电器、煤气、换灯泡的技术活力气活没个男人怎么行？一是打个电话上门服务专业利落，二是女人也已不是弱不禁风的小女人了；那么，总有夜深人静的情感依赖与精神诉求吧？能找个人有对等的精神交流当然好，但在不断的失望中女人们已绝望，恐怕与中彩票一样难吧？再说网络时代有太多的出口可以满足情感诉求。既然这些都可以解决，结婚干吗？当世界变成体力已不是优势，生命科学、遗传工程的发展带来各种可能，撇开生育，男女没什么太大区别时，真是没有对方什么事儿了。

所以，这世界蔚为大观。一边厢，年轻女孩子们还在传统的婚恋市场上凭借青春美貌争夺着男人们的青睐，等待着一段可以依托的终身；媒体影视屏幕上仍然充斥着霸道总裁爱上傻白甜，白莲花忍辱负重坚贞无比的腻歪故事，以至让赵雷们产生错觉，自作多情地以为女人们没有婚姻没有男人可怎么活。一边厢，很多女人早已发现了自己，参透了所谓爱情的迷信、婚姻的圈套，有，固然好，毕竟这还是目前社会的主流模式，没有，也不影响什么，因为她们清楚自己的价值不需要这些去证明，真正的快乐是建立在自己身上的，而男人们对婚恋关系恐怕也未必没有挣扎与逃避，生存的逼迫、工作的压力、网络世界的替代……对谈一场麻烦的恋爱实在提不起兴致。我们会发现女人也会很色、很污，男人也会很肉、很娘，本来性别的认知与认同就不全部是生理的天生的，更多是后天社会赋予的，男性该如何？女性又该如何？固有模式恐怕正在被解构，并在被重新建构，当然这个过程会非常纠结、非常漫长，但谁能阻止它的进程呢？

何况什么是爱情？假爱之名，有太多的杂质。我不觉得情人节约个会，收个花就是爱，那是套路。天变地变情不变，那是传奇，不是人间事。由欲望引发的爱恋冲动很简单，维系的过程与行为太难。有人说，爱是天时地利的迷信，是啊，那是世间最善变的东西。更何况婚姻本就是为维系血脉纯正、保护私有财产的社会制度化产物，爱情的神圣化难道不是个阴谋吗？

　　每个生命都是独立的所在，最终也只能是独立的所在，如果不独立，就不值得被爱，也无法享受被爱，爱是对等的不是施舍。有没有人爱其实不重要，做一个值得有人爱的人才重要，被人爱不是我们活着的终极目标，那只是我们努力用心爱自己的副产品。所以，丰盛的人生、丰富的心灵、独立的灵魂，这些都与被爱无关，与自爱紧密相连。

上帝的一扇窗

　　《朗读者》第一季收官，请来了余秀华，联想起之前大热的范雨素，突然好奇起来，说话很艰难的人该如何完成朗读呢？在余秀华身上，尽管仍是被把关被剪辑过或者粉饰过的镜头，但还是看到了一些不一样的东西。

　　2014年，余秀华凭着她那首著名的《穿过大半个中国去睡你》横空出世，正如《诗刊》编辑刘年的评价："她的诗，放在中国女诗人的诗歌中，就像把杀人犯放在一群大家闺秀里一样醒目——别人都穿戴整齐、涂着脂粉、喷着香水，白纸黑字，闻不出一点汗味，唯独她烟熏火燎、泥沙俱下，字与字之间，还有明显的血污……"

　　是啊，余秀华的诗无疑是自然流露，坦诚得甚至有些粗鲁，以她源自底层的鲜活的身体经验和生命经验，客观地表达生存之痛。可以说，她是以身体写作，但与我们以往所认为的那种女性身体写作不同，这是疼痛、残缺、摇晃的内在身体经验，"既是诗人创作的心灵之源，是观察、探询自身和万物的诗性起点，更是对现实进行追问和反思的基点"。

我承认以往对她残疾身体的好奇不多，感兴趣的只是她的文字。因此我对她的所有认知与印象都停留在文字想象的层面，透过她的诗与介绍评论她的各种文字。所以这次看《朗读者》上的余秀华是第一次视觉上看到她。然后，就感慨了。是啊，尤其是诗人，文字怎么可能不与她本人勾连呢？

　　《朗读者》节目里，她说：我获得的这一切（诗集出版、获奖、出名）可能证明了我的才华但不能改变我的生命，也无助于得到渴望的爱情。于是董卿问了个挺蠢的问题（央视一贯的煽情风格使然）：如果可以用你的才华换取健全的身体，你愿意吗？余说："不愿意……外面有太多正常的美丽的面孔，但谁说每一个正常面孔的背后都有美丽的灵魂？"

　　余答得好聪明，她知道这个假设没有任何意义，如果不是身体的残缺与生命惨痛的体验，也许就不会有她诗歌里蓬勃的生命力，在诗歌里肆意自由地活着是她唯一的选择。她之前也曾说过"这个身体，把我在人间驮了38年，相依为命，相互憎恨"，但就是她真实的人生。

　　她摇摇晃晃在台上吃力地读了一首自己的诗《给你》："……我原谅你为了她们，一次次伤害我，因为我爱你。我也有过欲望的盛年，有过身心俱裂的许多夜晚，但是我从未放逐过自己，我要我的身体和心一样干净。"镜头切换到台下，是观众们感动的表情，还有美丽的董卿的大特写，看到的是她优雅地尽力不表露但还是忍不住露出了蛛丝马迹的一种情绪——同情。

　　是的，人们对余秀华的感情很复杂，当然，有对她文字的欣赏，但夹糅着对她社会底层、身体残缺的农村女人身份的另一重标准。如果不是她脑瘫、农民、苦痛的标签，像"我也有过欲望的盛年，有过身心俱裂的许多夜晚"这样的句子会带着如此打动人心的光环吗？不管承认还是不承认，她的人生是与她的作品捆绑在一起的，她获得的声名也是建立在她的苦难之上的。

尽管她自卑同时也自恋，还清高，但她的直接、毫不掩饰，她展示自我的热情正是这个世界乐见与欢迎的。余秀华从来不掩饰她对情感的渴望，文字里充溢着爱的躁动与呼唤，她的诗天生带有互联网精神。所以说，如果范雨素的走红是个意外，那么余秀华的一夜成名却是网络时代的必然。

书写是她们人生的一个出口，太多的情感情绪要释放，也许被人扭曲解读是她们所不乐意的，但她们无一例外被人们杂糅着各种情绪地围观，被争议，被带着标签评说，被炒作甚至被消费。尽管范雨素的文字冷静而克制、不动声色，而余秀华的文字是喷薄与放任的，但又如何呢？殊途同归。

她们都得益于社交媒体的兴旺，但同时也被网络所幻化，大众视野里的她们未必是真实的她们。但至少，作为原本卑微普通的弱势群体，被极大地关注总是种进步，她们真实而尖锐的深刻自有直指人心的力量。

生活是残酷严苛的，生活也是荒诞的。生而为人有表达的权利，恰巧她们懂得表达，以书写为自我赋权。当生活堵死了余秀华们的美好之门时，上帝慷慨地为她们打开了一扇窗。

法兰西的颜值与爱情

　　法国大选结果出炉，不左不右的中间派"前进运动"候选人埃马纽埃尔·马克龙获胜。真年轻啊，三十九岁，法兰西第五共和国近六十年历史上最年轻的总统。

　　在老气横秋传统的政客圈子里，年轻英俊的马克龙先生无疑是股清流，先来看看他那条非线性的人生轨迹吧：

　　1977年12月，马克龙出生于法国北部城市亚眠的一个知识分子家庭，父亲是大学老师，母亲是社会保障局的医学顾问。从顶级高中巴黎亨利四世中学、巴黎第十大学、巴黎政治学院到法国国立行政学院，他接受了一系列最好的精英教育。2004年马克龙步入政坛，在法国经济部负责金融审查相关业务，三年后辞职赴罗斯柴尔德和席埃银行任投资银行家，促成了雀巢和辉瑞之间的著名交易。2012年，马克龙正式弃商从政，随奥朗德胜选进入爱丽舍宫并被任命为副秘书长，2014年8月，法国政府改组，时年三十六岁的马克龙出任法国经济、工业和数字经济部长。2016年4月，马克龙成立新的政治派别——"前进运动"，一个"跨越左右阵营之分"的政治联盟。2016年8月，马克龙辞去经济部长一职，同年11月，马克龙正式宣布以独立候选人身份参与2017年总统选举，直至最新的竞选获胜。

按理说以如此单薄的政治经历，马克龙应该至少再熬上个十五年才有机会被某个政党相中委以总统候选人的重任，他却弯道超车了，真是时势造英雄。

在当下内忧外患的局势中，极右民粹主义浪潮，贪污丑闻，欧盟危机，法国传统政治精英的那一套把戏，已经玩不转了，法兰西呼唤一个全新的领导人。正当其时，英俊的马克龙出现了，他剑走偏锋，横扫法国建制派政党。

毫无疑问，他是清新和反传统的。年轻有活力，主张以开放和对话的态度应对全球化，并坚定支持欧盟建设，认为应加强法德合作以发挥推动欧洲一体化的核心作用。他的主张看起来更符合众多城市选民和年轻选民的胃口，他的新政治运动不左不右，但两者兼而有之，代表了法兰西的第三条道路。

然而，这不是我想说的重点，我想说的是，他的颜值与爱情。

这些年，前有墨西哥总统涅托、奥地利外长库尔茨的高颜值，后有加拿大总理贾斯汀·特鲁多的明星级超级美颜，惊艳之余，当时就隐约觉着，今后是不是该换个角度关心下世界大事了。为此，还暗暗想过是不是要搞个《西方政治与颜值的相关性研究》来玩玩。

后来发现，实际上人家英国《经济学人》早说了，权力属于颜值更高的领导人。不管在大猩猩社群还是今天的西方发达国家，领导人要达到职业生涯的最高点，长相（以及身高、肌肉、语音语调）和成就一样重要。朋友，对这个看脸的世界绝望了吧？当80

后、90后成为社会主力军，"颜控"的数量也日益增多，我们渐渐发现，长得好看的男人或者女人，在职场、社交场合以及婚恋战场上，都更加如鱼得水。

少年时的马克龙就已经帅得迷人。他十六岁时爱上了已婚已育、大他二十四岁的法语老师布丽吉特。这段关系遭到父母的强烈反对，并且为了断绝两人的联系逼迫儿子转学到巴黎的亨利四世中学。他在前往巴黎前对布丽吉特说："我会回来娶你的。"之后经过了十二年的苦恋，有情人终成眷属，2007年两人结婚，于是马克龙拥有了三个继子和七名继孙，至今依然恩爱如昔。

真是惊世骇俗的爱情！还是这么美好的结局！让法国妇女们心里暖暖的，以至于马克龙的婚姻与他的种种坚持让女性选民们心生"为什么我们不能嫁给更年轻的男人呢"的国问！有什么理由能反驳他在爱情与婚姻上表现出的说服力呢：如果他能够在一个外省市镇，顶住各种羞辱和嘲笑，征服一个年长他二十四岁有三个孩子的有夫之妇，那么他也能用同样的方法征服法国。啊，真是好一个法兰西！

这样的爱够纯粹吧，年龄、地位、他人都不是问题，最重要的就是两个人的感觉，真心相爱，有足够的勇气追求，才是幸福，旁观者永远理解不了你的真实感受。二十四岁又怎样？苍老又如何？布丽吉特一定是值得他追求的，她是他灵魂的导师，精神的爱恋是任何世俗的框框无法解释也无法理解的，根本不在一个层面。在这个问题上，我只服法国人。羡慕法国女人的性别社会环境与生态。

马克龙的朋友这样评价他："他离开亚眠，是为了自由地和布丽吉特相处；他加入银行界，是为了取得财务自由；他辞去经济部长参选，是为了追求他向往的政治自由。"哇，真是一往无前的完美男人！

他就是一颗最具代表性的法国甜点马卡龙呀——外表光鲜，内在绵软，这剂赏心悦目的点心是不是医治法国问题的良药呢？需要时间检验。但不管如何，因着那美好的面容身体、迷人的笑容、动人的爱情，也要为颜值与爱情的胜利点赞，为这个神奇的"超时代"欢呼……

寂寞中的呐喊

缠绕在你额前
海藻般的长发
扬落在我心上
沙沙响
痛

奔跑的声音里
有风
敞开的肢体间
是梦

自由、无忌
纠缠、挣扎
释放、盈动

舞者的语言

以身体

随光影

回旋

深邃的蓝幻化成无尽的黑暗

紫金色气球感召我的静默

我无法移动

我呼吸困难

我听见自己的灵魂

在呐喊

——写给现代舞《小羽的气球》

与观赏古典舞所追求的形式美感与观赏性不同,现代舞让人放空自己。特别庆幸广州这样一座喧嚣的商业之城,保有优质的小众艺术,存在着像广东现代舞团这样的一流艺术团体。现代舞不讲故事,不需刻意解读它的意义,它可以没有意义,但有强烈的情感情绪,有灵魂,你需要放下、敞开,将自己与它进行情感上的对接,才能产生奇妙的对话。这次观看广东现代舞团2017年最新创作的《小羽的气球》,产生了久违的心灵共鸣,是啊,我有多久没被真正打动过了?

这是一场特别针对文化媒体与舞评人的内部合成演出,非公演,演出结束有媒体人对创作理念与处理也有些疑问与困惑,但不知为什么,虽为现代舞菜鸟,我却觉得能够理解它,它真的击倒我了，是夜，久久未眠。也许，此时，舞者的情绪就是我内心的情绪吧，积蓄已久的情绪突然被激发，我甚至写出了前面的那首不知算不算诗的"小诗"！

舞者的技术与肢体动作非常有个性，各自肆意地表达自我，但全场又不失整体性，整场结构架构得很完整。海藻般的长发、气球、面具、口琴、球……甚至一段舞动中的英语独白，包括音乐，舞蹈语言与各种符号交织在一起，充满多元的表现力与爆发力。舞者们奔跑、扭动、纠缠，挣扎后释放，痛苦中放开，追随心灵召唤自然、自由、爱与恨，形体张扬而律动，舒展而扭曲。我喜欢那种在安静中内心沸腾的感觉，享受来自灵魂的呐喊。

编导邢亮是舞神，作为优秀舞者的那一页可能已经翻过去，这个作品无疑向观众呈现了他创作的功力与能力。在与媒体互动时，感觉他很放松也很自信，他说这个作品是他对生活的感悟，九个人各自的人生故事的内心表达。正如演出说明上所写：这个作品也许是安静的回忆，也许是孤独的絮语，零碎而微弱，淡然且释怀，希望您从"观"舞里"听到"自己心中那最寂静的声音。

我倒觉得故事真的不重要，是表现主义、新先锋派还是后现代也不重要，《耶稣也说禅》第十章中说：观，就是准备进入一个未知的世界。我们必须心甘情愿地丢掉所有的信念、知识、传统，以及所有让我们感觉舒适的东西。我们只须敞开自己，让自己活在易感的状态里，回到本初一颗不带有任何偏见与假设的心。这颗心会借着"观"而发现新的东西，而不是为了确定什么。

舞蹈，要的正是感受与感知，而不是解读与求知。

终于，与"好看"和解

我一直愤愤地觉得，自己是一个被"好看"耽误的人。

说我矫情也好，没事找事儿，作也罢，反正这么些年，我就是很顽强地在跟"好看"这件事较劲儿。

女人好看当然没有问题，通常算是件好事儿。问题是，如果除了好看，没有人看到你的其他特质，你的标签只有唯一一个——好看，这似乎就有些不妥了。更何况我打心底里并不认为自己真好看，这跟别人强加给你并不认可的东西一样，实在冤枉。

读书那会儿，我是一个独来独往性格孤傲的家伙，愤世嫉俗、看啥啥不顺眼，跟同学们交集很少，明明是因为愤青、个性乖张、内向孤僻，他们却认为我是高冷美人，不理人还不是因为长得好看？出社会，凡很努力做出点儿小成绩时，都能从人们暧昧的眼神中解读出非常一致的信息：有啥了不起，仗着好看，客户喜欢，领导更喜欢呗。做老师，学生们很爱你，原因却不是你彻夜备课精心设计的课堂呈现，对你的博闻强识、你的开阔思路、你的强大逻辑，他们视而不见，只听到他们崇拜地夸你：老师您您您真好看！老师您您您好会穿衣服啊……我强颜欢笑，内心却早已崩溃。

为了撕掉这个标签，我好像一直走在抗争的路上。

我努力学习，我要做学霸！一个原本的学弱，可想而知多么的艰难，人家三年毕业，我用六年，当我终于满心欢喜地顶着博士头衔，心想这下该发现我还是有才华的吧。而大家关心并好奇的点是：博士不该是大把脱发、憔悴，神色凝重、心事重重，一本正经、正统的模样吗？哇，这么神气活现的时尚美女，哪里像博士啊，好看！

我发愤图强，我要做专业人士！升级打怪，发论文、报课题、搞研究、混圈子，混到现在我好像也没进哪个圈子，我仍像当年一样，永远游离在各种学术圈子之外，看到学究就泛腻歪，打内心不觉得自己是同路人；而且搞的那些所谓的"研究"也激发不了我的热情与动力，每每都需要极强的自我心理建设后才能勉强为之；参加学术会议，我在一群正襟危坐的学者里面常常像一个"好看"的外人。

我甚至还开辟了另一个全新阵地，觉着哪怕贴上一个为人称道的接地气的能干妈妈标签也不错啊！我参加家委会，积极参与家校事务，热心与妈妈团联谊，完全颠覆了不擅与人熟络的天性。我执着地张罗儿子的一日三餐，要求自己达到餐厅的专业水准（包括摆盘），虽然得到了宝贝儿子的认可，但仍然无法阻挡他人的疑惑：你这娇滴滴的样子，能照顾人？会干家务？懂做饭？

"好看"像狗皮膏药，如影随形，好像永远甩不掉，甚至令我一度产生深深的自我怀疑：难道除了"好看"，我真的一无所长吗？

我是谁？困惑我半生。我的人生一直都是在为了用力地确认这个困惑。一度经年。

人的开窍有时就在一瞬间。终于有一天，我无意回放自己主持一个活动的录像时，突然发现，镜头里的这个人，表现固然不错，但总觉得哪里不对劲儿。是什么呢？她绷得很紧，她的认真与努力，对这件事情的紧张、在乎全都写在脸上。怎么说呢？肢体语言、表情甚至服饰都没问题，甚至完美，但却并不是一个让人很舒服的状态——皆因她用力过猛。

醍醐灌顶，一下子悟了。

一切都是执念。

我为什么非要撕掉这个标签？既然别人这样看，或许你不自知，那就是你吧。放松，坦然接受又如何？

好看就好看呗，非要拧巴。不是那块料，丢了半条命人家也还是没觉得你是学霸；明明不喜欢，逼着自己去做并不热爱的事儿，混到了专业人士队伍里仍气场不对，甚违和，内心亦不快乐；麻利能干受益的是家人，何须他人的确认？

哪怕此生贴定了这个标签又如何？既然别人认定了你最大的特质就是好看，那就大大方方地美，美出高度、美出境界、美到极致吧。

放下执念的感觉真好。畅快追求美的路上清风徐徐。

我反思，从小受正统教育的自己，对"好看"有深深的偏见。好看似乎就是肤浅的，轻飘飘的，无脑的且无用的，女性光好看就是摆设、花瓶。作为独立知识女性的我，是能忍孰不能忍？也正是这一点影响了我一直的认知与价值取向。

但，好看真的是这样吗？

没有对日常生活与事物的热爱，缺少高品质的审美，你用的物件、穿的衣服、传达的气息可能好看吗？

没有从小培养的良好教养，你的笑靥、你的举手投足、你的姿态可能优美而得体吗？

没有长期的阅读、学习、思考，没有知识的滋养与浸泡，你的眼睛怎么会散发出睿智的自信的迷人光彩？你的谈吐又如何会让人如沐春风，久久回味？你的行为又怎可能收放自如、进退有度？你的内心又如何可以这么坚定而强大？

没有年复一年日复一日的良好健康生活习惯，自律与坚持，你的好看会长久吗？

没有对世态炎凉深切的体悟，犯过错，摔过跤，再爬起来，你会有如此通透宽容的气度吗？你又如何能拥有被时光雕刻过的成熟魅力，自带千帆过尽的淡定光华？

好看实在是非常丰富而多维的，除却好容颜，思想之美如光，个性之魅如芒，亦是好看。如果拥有内外兼修的美，有什么好纠结，应该自豪吧！

于是，我开始书写关于美的文字，我愉快地传播关于美的理念，我试着开创关于美的事业，我甚至——试着代理关于美的产品……

终于明白，为什么有人说，人这一生，就是与自己和解的过程。固执过、卑微过、痛彻过，最终选择放下。放下才会轻松，释怀才能收获快乐。放下就是自由。于是，我终于与"好看"和解了，下半生，我会义无反顾地就这样"好看"下去吧。

声影芳华

———

英伦之风

在收集近年英美影视剧的商业成功案例时（请原谅为我的煲剧行为找漂亮借口），除了把之前看过的《纸牌屋》《权力的游戏》《广告狂人》等剧集的内容制作、商业营销、资本与市场运作等相关资料做了认真梳理之外，更重要的一件事，是专门下载了我没看过的《唐顿庄园》，花了近一个星期，整整五季竟然放纵地追完了！

作为成功的影视传媒产品，其经济学层面的种种留着与学生们在课堂上探讨，这里我只想聊聊另一个层面的事情。

此剧让我首次真切领会了什么是英伦做派，伦敦腔、贵族范儿，绅士淑女、保守老派、傲慢矜持。早年也认真研读过奥斯汀的《傲慢与偏见》、勃朗特姐妹的《简·爱》《呼啸山庄》等等，上述小说改编的电影也看过一些，但无论是透过文字的想象体味还是视觉上的体验，并不深刻，尽管也是那个味道，但没有强烈冲击。一班纯正的英国演员演绎的地地道道的《唐顿庄园》却做到了，整个观感就是——真是太英国！

剧情没的说，很吸引人。英式的琐碎不令人厌烦，拿腔拿调的英伦腔也远比美式饶舌有趣味。虽说仔细深究，这真是一出把《傲慢与偏见》《理智与情感》，甚至《乱世佳人》的桥段都用上的大杂烩，但烩得自然，味道还不错。

人物的塑造刻画生动鲜活，五季里出现的人物大大小小也有近百号，构成一个庞大的人物谱系，无论主角、配角，核心人物、过渡人物，都交代得清清楚楚，不得不佩服编剧的功力。人物编排得太有序了，每个人都有故事，或大或小，围绕着唐顿庄园随情节推进，没有谁是扁平模糊或苍白的，哪怕仅仅是罗斯小姐在乡村酒吧偶遇的一个农夫，也是面目清晰性格明了。看着看着倒隐约看出点儿《红楼梦》的感觉，洋洋洒洒上百人物，草蛇灰线、伏笔铺垫，结构很是巧妙。

即使遇到两位主要演员要退出剧组的难题，编剧无奈中竟也能把他们在剧中的死编排得那么合情合理，突兀的不是逻辑，而是受众没有心理准备，反倒使剧情更加充满悬念与张力。尽管粉丝们对此很不满意，吐槽者众，但真心是因为太喜欢那两位人物了，入戏太深，反倒显现出演员的成功。

此剧最能抓住人心的是从人性的角度讲故事。人物是立体的，都很丰满，不是简单的非黑即白，好像除了不得不死去的那两位比较完美外，所有人都有多面性。即使是反面角色成分更多一些的托马斯男仆，也有他脆弱柔软的一面，甚至在最考验人性的关键时刻，他竟也是勇敢担当的。制作精良、历史还原度高、情节跌宕固然不错，但最最戳中人们软肋的是浓浓的人文深度与深刻的人性。

对于英国老贵族上层阶级，我们一直以来的刻板印象可能是：傲慢、肤浅、虚伪、无趣。但《唐顿庄园》中展现的图景是：在傲慢的外表下，在看似无趣的规则与繁文缛节中，对传统等级、家族荣耀的维护并不是那么不可理喻，庄园内外，人们无论贵贱，人性中最深处的善良是让人能够认同的。我在想百年世袭的家族财富不仅仅就是物质形态的庄园与土地，高贵的贵族品格才是最重要的延续吧。当唐顿庄园的主人在时代的洪流下，等级地位、生活方式甚至财富都受到威胁而不保时，精神财富是他们最后的骄傲，苦苦为之坚守。且英国人的那种傲慢真是骨子里的，这与他们作为老牌欧洲强国的历史养成密不可分，无论怎样，诚实善良、乐善好施的基本品质并不缺失，即使是小人物、反面人物身上也闪耀着这些美好的品质。而这些本是最基本的人性，在我们今时今日生活的世界里反而是欠缺的。外表道貌岸然的人，是否能够问心无愧地说自己是诚实的不违心的？甚至外表的道貌岸然都缺失，因为我们早已没有贵族，没有规范，断了传承。实际上没有传统与规则的社会是非常可怕的，没有底线与羞耻感。

至于人们津津乐道的二三十年代时尚要素什么的，对于我这个对奢侈品不太感冒的人而言，倒没有太大感觉，印象中有明显视觉冲击的有几点：对比一战前女士的胸衣，在一战后Lady们的胸明显被解放了；一次特别扎眼的LV复古旅行箱的特写镜头；当然还有各式老爷车……

贵族们用餐时、社交时的繁文缛节，不同时段（早午晚）不同场合的各式礼服，上流社会乃至王室的奢华等等倒是让人看着十分过瘾，充分满足了普通人对云端的上流社会细枝末节的好奇心。毫无疑问的是，全剧从服装道具到布景外景，所有细节都精准到位，没有偷懒，几乎没有瑕疵，经得起推敲，英剧的制作成本真心不低。每季圣诞特辑的推出足见其讨好受众的用心，却又讨好得那么自然不媚俗。专业高水平的内容生产，包括选题、精神内核与价值观、讲故事的技巧、实力派明星、制作上的严谨把控，加上欧美成熟的影视产业商业运作模式，最终能在艺术上揽获艾美奖与好口碑，商业上获得巨大成功，叫好叫座，也是必然的吧。

摔跤中的觉醒

　　带着对印度电影一言不合就没完没了歌舞的刻板印象，看完《摔跤吧，爸爸》，深感折服。一个取材于真实体育竞技家庭里父亲培养女儿成为世界摔跤冠军的故事，品质超出预期。

　　作为一部电影，浮在表面的要素已经足够打高分。

　　剧情实际上很老套，故事并不出乎意料，相反结果轻易能够猜到，但它就是打动了你。以至于连我这种平时对竞技类比赛完全无感的人都第一次发现，原来摔跤竟然这么有看头。四平八稳的线性故事，一样可以抓住人，胜在细节的处理、剪辑的流畅、摄影的高妙，当然，还有一百分的表演。阿米尔·汗饰演的父亲，从十九岁、二十九岁到五十五岁的年龄跨度无bug，太完美，他怎么可以做到？从雕塑般的三角肌到圆滚肥大肚腩，不违和地真实跨越，据说是本色轻松拍完十九岁后，直接增肥数十斤跨越到五十五岁演大叔，然后再减重数十斤拍二十九岁，只能说，这就是敬业与专业，不愧是印度国宝级担当。以我挑剔的眼光，他这次塑造的父亲，外在、内心、情感、冲突堪称表演教科书，不为过。

　　细节处理很细腻，人物的情感刻画、父女间的冲突互动，充满感染力。

几个片段尤其动人。

欢乐的如：邻居家的父母来告状，两个女儿把人家男生打成猪头，父亲发现了女儿摔跤天赋按捺不住的惊喜；少女摔跤士战胜强壮的男摔跤手，在一群男人的注目礼中凯旋，酷酷的自豪；父亲与侄子到黄色小录影店包场，回放女儿的比赛录像，认真研究制定战术……

催泪的有：走出外面世界的女儿毫不留情地打败了英雄迟暮的父亲，深深地伤了父亲的心；女儿与父亲在电话里哽咽着和解；女儿默念着父亲的教诲在最后三秒钟扳倒了对手，完成了奇迹般的反转……

简单的电影故事，却呈现出极为丰富的内涵：励志、教育、女权、父爱、体育精神、爱国……这可能也正是这部印度电影能够掀起高热度评论讨论的原因，从哪个角度都可以解读，从哪个侧面都可以评说。

这所有元素都是自然地糅合在一起的，至少没有刻意的痕迹：你可以说它是部让人热血沸腾的励志大片，市场也是这样定位打广告的，当然是为着迎合当下人们的口味，打鸡血的故事还是很有市场的；你也可以说它是个父亲教育的个案故事，一涉及教育那真是我们中国人的痛点，很多人揪着电影的冷酷教育方式不放，愤愤不平地指出在儿女身上实现自己的梦想是自私的云云；当然它也可以是一部探索印度女性问题的女权电影，让人深刻地了解与理解当下印度社会女性的处境与可能的出路；再然后，它还是一部感人肺腑的父女情深的电影；甚至，你可以说它是部如假包换的充满爱国之情体育精神的运动电影，这不，连我这样的体育渣渣，都在观影中完成了摔跤项目的扫盲。真要智者见智，仁者见仁了。因此，它有话题。

我承认它励志、爱国，体现了体育精神，在教育上予我们以启示，但我更想说说伟岸的父亲与摔跤的女儿。

如果我们试着去了解印度的社会现状、妇女地位与现实处境，把这部片子放在印度的语境下，我们可能会更容易理解它的深刻与价值。在童婚盛行，大多数女性没有参与社会活动的机会，职业女性极少的印度社会，可以想见像《摔跤吧，爸爸》这样的电影能够称之为大尺度的勇气之作。新德里偏远小城邦的一个村子，父亲竟然让两个女儿学习通常是男人才从事的摔跤，他剪断她们女性象征的长发，让她们穿男孩的便捷运动服装，带她们与男摔跤手同场竞技……这简直离经叛道不可想象。如果你仅仅看到父亲在逼迫女儿时的坚持与残忍，不顾及女儿们的反抗与身体上苦痛的冷漠，轻易地冠之以男权，那真是太浅薄了。从头至尾，父亲在摔跤中让女儿不断觉醒，女性意识的觉醒，用他的方式让女儿真正获得尊重与为人的尊严，没有严苛的磨炼怎么可能实现，又怎么可能成为自觉？这位父亲不仅不男权，他有着强大的信念与精神力量，他一直在帮助与引导女儿获得她应该有的权利，骨子里他是懂得与尊重女性的。电影有很多情节值得我们细细体味：虽然女儿们起初是被父亲"强迫"学习摔跤，而最后却是在这项活动中找到了真实的自由的有尊严的自己，大女儿第一次在泥地上战胜了强壮的男摔跤手，她雄赳赳气昂昂地走在前面，父亲骄傲地跟在后面，那画面仅仅告诉我们一次竞技的胜利吗？不，那是一次向男权挑战的压倒性胜利，是女性获得尊严的开始，让其他女孩子看到了希望与榜样；女儿离开家在现代化的体育学院集训中迷失了自己，对爸爸的那一套不屑一顾并深深伤了他的心，但在她遭遇挫败最需要支持的时候，父亲来到她身边，帮助她找回自己，告诉她"做自己才会找回自己"；在为女儿求情时他说"她们没错，她们错就错在有一个疯狂的父亲，为了给祖国赢得金牌、为国争光而剥夺她们快乐的童年"——他所做的一切，他自己心中有数。

电影最后一段父亲缺席女儿夺冠的情节设计非常高明。在女儿决赛争夺冠军的最激动时刻，父亲却缺席了，他被关在小屋子里，挣扎着出不去，女儿见不到父亲开始心慌，紧张得令人揪心。"吉塔，记住，爸爸不是每次都能来救你，我只能教你方法……"此时此刻，父亲的话在女儿脑海中回放，父亲不在身边，但他的教诲在心中，他的精神永远与自己同在，在最后时刻她战胜了对手，更重要的是她成为了自己。面对自己才能成就自己，决赛"独立"获胜之后，吉塔就不再是依附于爸爸的女儿了，她成了一个真正独立的自由的人，然后才是女人，这就是对女权主义最深刻的隐喻啊。

过完瘾，自然会犯职业病。为印度电影喝彩的同时对中国电影深深地忧虑。一部让人感动让人深思同时又好看的电影，有形式有内涵，叫好又叫座，不得不承认印度电影水准真的与中国电影不是一个层级啊，值得学习的地方很多。

据德勤2016年9月发布的《印度电影行业报告》，在印度电影产业的整体收入中，本土票房占比74%，接下来是有线及卫星电视授权（13%）、海外票房（7%）、在线点播（5%）和家庭影院（1%）。与中国市场相仿，本土观众贡献的票房也是印度电影产业最大的收入来源，但与中国市场不同的是，其海外票房已上涨到本土的近1/10，正成长为新的利润引擎之一。在我们还带着印度电影只是歌舞片的偏见时，印度电影工业早已悄然崛起，在全球市场崭露头角。

印度电影的起步实际很早，目前是全球电影产量最大的国家，与之相匹配的是一套极为成熟的电影工业体系，在全球电影市场的份额很高，在亚洲市场，与日本伦理剧、中国台湾的苦情剧、韩国的历史剧相比，印度歌舞片份额占据首位。印度电影最近几年也变得越来越国际化了，从《摔跤吧，爸爸》可以明显感受到，时长是两小时内可以接受的范围，歌曲是为了推动剧情的发展，而非冗长的载歌载舞。传统印度电影的变革显而易见。

2011年印度三大电影公司之一的UTV被迪士尼以2.97亿美元的价格收购，好莱坞电影工业模式被移植，民族特色与工业叙事风格结合，诞生了《三傻大闹宝莱坞》等高品质影片。宝莱坞的成功，让影视业成为印度经济发展最快的产业之一，也诞生了一批"国宝级"印度影星，如阿米尔·汗、萨尔曼·汗等。从2012年开始，印度电影在风格上更加国际化，传统歌舞片的比重开始减少，现实主义题材逐步增多，很多反映印度本土社会顽疾、文化反思的片子，受到本土及海外观众追捧：《我的个神啊》中盲目宗教信仰背后的阴暗面、《绑架背后》里印度官僚体系的贪腐……在印度这么保守的国度，都是大尺度的成功之作。可见，商业与艺术、工业体系与人文关怀并非水火不容。

而这些电影，包括《摔跤吧，爸爸》尽管做了许多国际化的改良与创新，但民族本色不变，都是非常印度的片子，其特色鲜明征服了受众。题材、风格、现实没有刻意包装，很真诚，呈现的是真实的印度的城市、乡村、民众、宗教，但在跨文化传播中却是成功的。这一切，在我们时时振臂高呼着文化产业振兴，内容产品要"走出去"的当下，无法回避比较，也确实值得深思。

相亲众生相

　　如果说某人通宵达旦地煲美剧，大家会觉得很正常，但如果说痴迷上了国内的某档电视相亲节目，则可能会被笑话，这得多无聊多傻。是的，我就是那个没有品位的阿姨，不光看，还全程半张着嘴巴傻笑着看，津津有味。更要命的是，打心里觉得好好看！

　　尤爱看孟非主持的《非诚勿扰》与《新相亲时代》，看到男女嘉宾牵了手，会笑得合不拢嘴，由衷地高兴。对于颜值特别高的男嘉宾（一般极少出现）的片段会反复看好几遍，比如某一期《新相亲时代》来的那个章一诚，哇，这美貌与我家老公年轻时很有几分神似，激动地把老公硬拽到电脑前，"像不像？像不像？"人家瞄了一下屏幕，很有深意地看了我一眼，摇着头走了……我才不管，就是好看！当然，事后我也会反省下，我觉得，无他，很好理解，就是年龄到了——再矜持再小众的小姑娘也有成为大妈的那一天。

　　当然，除了看热闹的傻气，我还是不失一个知识女性应有之素养的。

　　如果把综艺节目与当下流行的短视频、直播啥的来比较，我觉着综艺节目更像个万花筒，是更有趣的展演平台，而且是群演。

尤其是相亲节目，因为必定关涉婚姻、家庭、人际关系，一台节目里，有对金钱、爱情、亲情、友情、家庭、事业、人性、人与人之间的相处之道、生活时尚、贫富差距、农村与农民问题、社会热点甚至中西文化差异等等的认知与判断，所以不要小看这台戏，是绝佳的多元文化景观，说它是一个当代人价值观的深度展览亦不为过。主持人孟非也曾在自己的微博上说："我们希望《非诚勿扰》是一个不仅仅能够让大家与喜欢的人邂逅的地方，更是一个展示价值观的舞台。吸引我的就是这里会有很多真实的答案，而非标准答案。"

尽管作为商业化的电视节目，一定有套路，有设计与表演的成分，但不管动机如何，在这样的一个特定舞台上，直奔婚恋的主题，却也不乏真情流露。再怎么按设定的程序表达、表现，众生还是众生，有些东西是无法掩饰的。精心拍摄的VCR、浓厚的妆容可能美化粉饰了一些真实，但现场一说话，举手投足、动静表情、反应回应，一切原形毕露、一目了然。它是如此集中、鲜活、生动地呈现出当下中国的各类生活状态与生活态度，从某种角度来说，它所呈现的总体是基本真实的，是当下中国人社会心理、社会景观的浓缩镜像。那些奋斗中的都市青年、富二代、退伍军人、农村入城打工者……那些貌似时尚实则观念传统的傻女孩，那些看似新潮却完全没有平等与尊重的现代意识的直男，那些还停留在上个世纪的择偶标准、认为物质就是一切的家长……透过一个节目，可以让人了解各种异质群体的真实意愿、真诚的态度以及真切的选择。对此进行深度观察本身就是件非常有意思的事儿。所以社会学者应该在茶余饭后看看，媒介相亲更放大了现实中的种种。

曾经在一项调查中看到，当下中国青年群体普遍希望自己在三十四岁时可以达到事业的成功，获得最理想的经济收入。如果按照这个年龄计算，就是说一个硕士毕业工作九年之后就要达到"人生巅峰"。希望更快获得更多财富成为中国青年的集体焦虑，而且毫无保留地投射在婚恋问题上。什么年龄、学历、颜值、才华、家庭，所有的这些考量，归根结底就是物质基础，是否为"成功"人士。大家的标准出奇地一致，非常单一：男嘉宾们要求的无外乎是年轻、漂亮、温柔、孝顺、可爱，有独立的工作，是值得怜爱与照顾的；女嘉宾们则要求都是有事业，英俊，有才华，对自己好，是值得信赖与依靠的。几乎没有听谁说过，要找一个精神上平等的、势均力敌的，真正相互尊重的。在《新相亲时代》的节目里，因为有父母的参与，更是将此发挥到极致，父母高扬着手里的存折、房产证，甚至公司的营业执照，声称成为他家的媳妇即可拥有，理直气壮，理所当然，扭曲成为常态。难得有一期一个男嘉宾的父母跟女孩说，我们是个特别快乐、特别温暖、特别有爱的家庭，我们在尼泊尔喜马拉雅山下有间民宿，你来吧，你会得到平静的幸福与快乐……比起那些房产证上加名字的承诺，这可真是股清流。而这家人来自台湾，他们惊恐地看着其他家庭就物质展开的赤裸裸的争夺战，令人印象深刻。婚姻的真谛到底是什么？幸福的基础又到底是什么？在这里，共同生活的一些最基本的诉求反而被漠视，比如要有趣，要令自己开心。

倒是看美版的《非诚勿扰》（*Take Me Out*）感受会非常不一样。撇开文化差异不谈，表面上美国相亲节目的"尺度"比我们大，但在某些方面，他们却似乎比我们纯粹很多。女嘉宾们关心的不是对方的收入，更不会是房子与车子，她们看重的是性格、爱好、梦想，是否幽默、性感，是否酷。显然，他们的标准跟我们很不一样。但这不才应该是让人心动的标准吗？否则与市场上商品估值与交易有何不同？

*Take Me Out*本是英国一档由帕迪麦吉尼斯主持的约会节目，2009年试播并于2010年1月2日正式在英国的ITV1和爱尔兰的TV3播出，它的原型是澳大利亚节目*Take Out*。2012年福克斯公司把*Take Me Out*带到了美国，2012年6月7日晚八点的首播在美国和加拿大就收获了三百三十万的观众。应该说即使在国外，也是一档很成功的节目。在购买版权本土化后，中国版的《非诚勿扰》播出有九年了，一直高居国内类似真人秀相亲节目榜首，倒不是因为与美版比有多少形式上的创新，而是，因为有孟非。

是的，比起美版的那个只会高声吆喝俗不可耐的主持人，孟非高明与高级太多，甚至因为他，一个有可能流于低俗的节目都被维持在一个相对较高的段位。孟非无价，难怪那么多人爱他。在男女嘉宾互动过程中，孟非非常善于将大家引入社会关注且具有争议性的话题现场讨论，而遇到一些奇奇怪怪的节目参与者及其父母家人时，主持人孟非总能在家庭价值观、人生观、婚恋观上适时引导、独到解读，将话题引向深处。是他，使一个相亲节目承载着丰富的社会敏感话题，富二代的内心表白、同居试婚、男女的年龄差距、婚史、生育及家庭观念等，话题被无限延伸，甚至引人深思。

他告诉人们：多元是正常的，人们平等并应相互尊重，但过多的扭曲与不可理喻是不正常的。在嘉宾多次体现出某种偏见、迷思、优越感，或者发言带有对他人的攻击伤害时，孟非总会发声甚至发飙。有家长反复强调家族智商优越、基因超群的时候，他委婉提示"如果我是一个男嘉宾"的感受;有家长不顾孩子意见强行配对的时候,他以旁观者视角复盘分析其中可能存在的问题;一名男嘉宾先理由很牵强地拒绝了一位为他而来的女嘉宾,又提出可以从朋友做起的时候,他声色俱厉地批评了这种"近似于羞辱式的拒绝",揭示了他为人的拙劣,也维护了女嘉宾的尊严……

也正因如此,就话题的公共性和延展性而言,节目与美版最大的不同,是它远远超出了相亲的范畴,多重环节设置和话题预备,引导了奇特的更多元的文化诉求和结果呈现,节目所搭建的不是婚姻介绍所,而更像是青年男女扩展结交范围的联谊场。因此,就参与者而言是一个自我展示的宽广舞台,对观看者而言则是一面折射社会变迁的明亮镜子。节目有着用情爱悲欢与价值冲突写就的精神内核,从这个意义上说,它们成为这个浮躁时代令人追忆和反思的一粒胎记。

当然,在大部分的节目中,个性差异大、不同种类的男女嘉宾大胆直白的爱情"拷问"和乐于表达、善于表达、敢于秀自己的年轻气息,使这个交友平台激情飞扬、悬念迭出,让观众饶有兴致地从中窥探到这个光怪陆离的多元时代,饮食男女心中的某种真实情感状态。年轻男女们看中的也许并不是寻找另一半的结果,而是把它当作一个允许真实表现、个性追求与私人幻想的绝佳场域。

作为一个中国大妈,从相亲里看到了年轻的美好,在成就好姻缘的欣喜中感叹岁月如梭;作为一个媒介观察者与研究者,从中国式的相亲里看到丰富的社会文化景观,发现一个奇妙的多元价值观汇聚与自由表达的文化空间。所以,我一点儿也不为自己"庸俗"的品位而惭愧,无论是作为一个大妈抑或其他,仍将继续看下去。

Remember Me：记忆中永生，遗忘中灰飞烟灭

对迪士尼与皮克斯的联合出品是有期待的，《寻梦环游记》的英文原名为*CoCo*（《可可》），我以为更好，因为可可不是个简单的人物或名字，她是全剧的关键。当然面对大众市场还是《寻梦环游记》来得更简单直白。

无与伦比的想象力

坐在4K全景声超宽屏幕的影院里，当进入由绚丽的色彩、明快的节奏、充满墨西哥风情的音乐所营造的世界时，那一刻真的很快乐。对于奇幻类题材的动画电影，恐怕没有什么比想象力更加重要了。亡灵界与人间，以记忆与祭奠为连接，因为一个孩子的莽撞而被打通，一场跨越生与死的交集与碰撞，前生今世，爱恨恩怨，一一上演。

李·昂克里奇聪明地从神秘异域文化中寻求灵感资源，一如李安的《少年派奇幻漂流》。这想象力既肆意汪洋，神秘奇妙，又极具合理性与人性，充满感染力。不愧是拍了《玩具总动员》《海底

总动员》与《怪兽公司》的大咖。

多维的动人故事，你看到了哪个？

电影必须讲一个完整的故事，*CoCo*却不仅只给了我们一个故事。故事走向至少明显地刷新了三次：

当故事刚刚展开，明快的节奏、明丽的跳跃的色彩在流畅的叙事中，让人想当然地以为：喔，这应该是一个鞋匠世家的小男孩不顾家庭的阻碍与偏见，奋力追求音乐梦想，排除困难最终成功的励志故事，很迪士尼啊。然而直至亡灵节的前夜，小男孩米格在歌王陈列室偷吉他，误入亡灵界，你发现，事情没那么简单，前面只是个引子，那么这该是个奇妙的通灵故事，最终还是祖先的亡灵帮助米格实现梦想吧，有点儿意思。

然后，当米格千辛万苦在亡灵界终于找到以为的曾曾祖父歌王德拉科鲁兹，并与他相认，却发现心中的偶像、亲人与音乐教父竟是个骗子与杀人犯，才醒悟之前亲人忠告的意义，难不成这是个真情与欺骗、家庭与责任的故事？

当然，故事的走向再次峰回路转。米格在困境中发现真正的曾曾祖父就是在身边一直帮助自己的落魄歌手埃克托，在亡灵亲人们解救他们的过程中，生前的恩怨被和解，埃克托与伊梅尔达破镜重圆，于是故事变成了正义与邪恶的对决，真相大白的胜利，带着重托重回人间的最后决斗。

结尾，重回人间的米格拿起曾曾祖父的吉他，对着失忆的太奶奶可可唱起*Remember Me*，像她的父亲、米格的曾曾祖父、死去的埃克托曾经唱过的那样。音乐唤醒了她即将逝去的记忆，激活了她对故人的爱的回忆、曾经的美好时光，而亡灵界即将灰飞烟灭的灵魂被记忆与爱永存。

直至此刻，明白了为什么电影叫《可可》。

死亡文化

电影以墨西哥的亡灵节为背景，所有故事由此展开。美国人讲墨西哥故事，丝丝入扣，对异质文化准确把握，真的佩服皮克斯的高超跨文化表现与表达力。据说制作团队多次前往墨西哥采风，李·昂克里奇、艾德里安和达拉领导的电影制作团队对墨西哥和其节日做了大量的主题研究，从墨西哥音乐到当地风俗。为了拍 *CoCo*，制作者们向许多文化顾问进行咨询，努力获取每个细节并保证正确性，不想出现任何文化误解。

电影对墨西哥的亡灵文化还原度极高。

从古代印第安人的哲学中，墨西哥人继承了对生命的看法，欢乐地善待亡灵。按民间风俗，墨西哥人把每年的11月1日和2日两天定为亡灵节，他们欢欣鼓舞地庆祝生命周期的完成，一年一度迎接生者与死者的团聚，祭奠亡灵，绝无悲哀，载歌载舞，通宵达旦，与死去的亲人一起欢度节日。诺贝尔文学奖获得者、墨西哥著名作家奥克塔维奥·帕斯说："对于纽约、巴黎或是伦敦人来说，死亡是他们轻易不会提起的，因为这个词会灼伤他们的嘴唇。然而墨西哥人却常把死亡挂在嘴边，他们调侃死亡，与死亡同寝，庆祝死亡。死亡是墨西哥人最钟爱的玩具之一，是墨西哥人永恒的爱。"他还说，"死亡其实是生命的回照。如果死得毫无意义，那么，其生必定也是如此。"他认为墨西哥的亡灵节正是一种带有阿兹特加人特有的哲学观念的习俗活动。它不但带有墨西哥的民族文化特征，也表现了墨西哥人的价值观与哲学观。

在电影中，亡灵节上气氛欢快，人们在墓地通往村庄或者小镇的路上撒上黄色的花瓣，让亡灵循着芬芳的小路归来。晚间，在家门口点上南瓜灯笼，为亡灵上门引路；在祭坛上摆着玉米羹、巧克力、面包、粽子、辣酱、南瓜、甜食、甜点等供品，让亡灵享用。节日里，不分男女老幼，都可以戴着面具，穿上印着白骨的鬼怪衣服，招摇过市，表示亡灵归来。广场上，乐队三把吉他加一个手鼓，是尤卡坦风格乐队的典型配置。曲风时而舒缓，时而欢快，围观等待的人和着音乐起舞，欢快的气氛像多米诺骨牌似的迅速传播，店铺里守门的店员、摊着墨西哥玉米饼的老妇……所有人都扭动起腰身，翩翩起舞，音乐、永恒的死亡，透射出墨西哥文化对生命的看法。

电影中的文化元素无处不在，特别是人物形象，当亡灵界的弗里达·卡罗出现时，她标志性的墨西哥传统服饰、头顶的两朵大花、即使是亡灵也没放弃的连体浓眉，真是让人忍俊不禁。作为墨西哥最著名的女画家，弗里达是墨西哥艺术的代表人物，电影里她为歌王设计舞台的剧情也没忘记展现她独有的艺术风格与她自画像的创作习惯。

影片的色彩整体明艳，金黄、橘红、孔雀蓝，即使是亡灵的世界也看不到一丝的沉郁阴森，亡灵们在亡灵节的夜晚踏着金黄色的万寿菊花瓣桥去往人间与家人团聚，进出亡灵界，过关，刷脸，确认资格，真是幽默的天才想象。服饰、造型、道具的处理几无瑕疵。

　　毫无疑问，文化表现是精准、考究的。且以这样的文化外衣来讲述这样的故事又是格外合身的。

　　不能不说的还有音乐，全剧三十五首歌曲曲曲动人，多次泪奔都是音乐惹的祸。"把想象贯穿在电影的所有细节中，尽管该片有着许多可爱的笑话，故事的真情实感依旧催人泪下。"

　　是的，这是一个追求梦想的故事、一个正义战胜丑恶的故事、一个家庭与亲情的故事，也是一个原谅与和解的故事，更是一个记忆与爱的故事。爱与亲情、记忆与永恒、原谅与和解，这是跨越国家、民族、文化、性别、年龄……一切边界的主题，无论它以什么样的外衣呈现，都能打动众生。

　　米格说，没有音乐，我就不快乐。

　　亡灵伊梅尔达说，有什么梦想比家人更重要？

　　亡灵埃克托说，如果没有人再记得你，你就会消失，我们把它叫"终极死亡"。

　　还有什么比活着的人记得你并爱你，你的灵魂得以永生更令人动容？又有什么比遗忘令灵魂灰飞烟灭更残酷？

　　人间事，概莫能外。

只见芳华

新片上映即日，影评已刷屏的片子，还写不写？写也就是个凑热闹，却还是没忍住。

一部前文工团美工与前文工团芭蕾舞演员共同打造的片子，无论IP、话题、一波三折的公映之路，都赚足眼球，吊足胃口。票房自然井喷，从商业角度说，营销很成功。

但冯导说了，这是部文艺片，而且还是部有情怀、用心的、最具个人色彩的文艺片。那当然不能仅用商业的尺子量，情怀是有金线的。

周末下午去看的，简直就是中老年人专场啊。目测了一下，影院里50后、60后主打，我一70后好年轻。整场戏看下来，前后左右老泪纵横啊，片头片尾的一首《绒花》连我都听得湿了眼睛。不得不承认，作为军旅版的"致青春"非常到位，满满的一代人青春记忆，集体怀旧，心潮澎湃。如果说仅仅是为了圆冯导一个愿望，回望一下青春岁月，还原一下部队文工团往昔葱茏，它做到了。隔着银幕都能感受到文工团俊男美女，尤其是姑娘们的美妙，光影、色彩、镜头、手法一切运用娴熟，很美，表现力十足，故事也很完整。然而，仅止于此。

问题就是仅止于此。

故事偏偏发生在那样一个时代，"文革"结束、拨乱反正、中越之战、改革开放……多好的背景，严歌苓之笔又怎会止于此！于是一个原本只为怀旧的青春故事便附丽上大时代的个人命运。旧时代的崩塌与新时代的开启，个人与集体，乃至最核心的人性，都有，糅在一起，冯小刚把它变成了个大杂烩，混杂、兼容，无论是叙事策略还是表达的内容，谁都能从中看到些什么，但又面目模糊看不清。

感觉是拉开了架势，要来场真格的，结果虚晃一枪，走了。

电影中很多的重要情节或交代含糊，或一笔带过，也许是因为商业的、审查的种种原因有意为之，也许是冯导压根就没打算也没兴趣深挖什么，他只是想高唱一曲华丽的青春赞歌，但仅仅的青春祭过于单薄，顺便加个祭品啥的，增加丰富性。何小萍为什么上来就受歧视？那件加海绵的胸衣到底是谁的？刘峰是被谁怎么样告发的？郝淑文真的不知道萧穗子爱着陈灿吗，是明抢还是自由竞争？何小萍疯了之后的故事？……

这部电影最可怕的是没有悲悯与忏悔。在一个荒谬的时代一群道德上不堪的人（尽管他们青春靓丽，可谁又没有青春靓丽过呢？），面对如此痛且深切的过往，从头到尾这群人唏嘘的也只是时光岁月、时代变迁，作为个体，没有反思、没有抗争，好像一切都是应该的、必然的。这是一个多么残酷的故事啊，但将所有的残酷、荒谬、人性的恶全部都化解了，用莫名其妙的时间来化解了，没有一个人有悔恨之心悲悯之意。后半部，改革开放后的海口，战友相聚，军二代官二代仍然是特权阶级，是既得利益者，当年的牺牲者挣扎在最底层，相见轻描淡写，当事人面对当年抢了自己深爱的人的对方，竟也像没事儿人一样的好姐妹，面对当初改变了两个人一生命运的始作俑者，大家竟然调侃着嘲笑了一番，她活得不知多好，照片上看也不过就是中年发福罢了。结尾尤其是败笔，两个带着肉体与心灵双重伤害的善良的人，唯有不求不争不抗地在最底层的角落里相互慰藉取暖，平和？内心平静？不需要任何追问与精神救赎就自愈啦？他们是人吗？林丁丁、郝淑文、萧穗子们是人吗？把痛展现出来，然后没有任何对此的彻悟与反思，莫名其妙温情脉脉地结束了。

不禁怀疑，这真是有情怀的文艺片吗？

在这件事上，冯小刚不够坦诚，情怀可能是有一些的，但，这部电影最重要的任务是——赚钱。

我们来算笔账吧。

早在2015年，作价10.5亿元出让浙江东阳美拉传媒有限公司70%的股份，并与华谊兄弟深度绑定之后，冯小刚实际上就更多的是商人了。

冯小刚等老股东在出让时签了业绩对赌协议，即自2016年至2020年12月31日止为期五年的业绩承诺，其中2016年度承诺的业绩目标为东阳美拉当年经审计的税后净利润不低于人民币1亿元，自2017年度起，每个年度的业绩目标为在上一个年度承诺的净利润目标基础上增长15%，换而言之，2017年需要完成的净利润需要达到1.15亿元。

然而，2016年东阳美拉的业绩承诺完成得磕磕绊绊。华谊兄弟年报显示，2016年东阳美拉实现收入9415万元，实现净利润5511万元，并非冯导不努力，而是作品不卖座。2016年期间，冯小刚导演的作品《我不是潘金莲》最终票房定格在了4.82亿元，按照37%的片方分成款来看，最终包括东阳美拉在内的所有出品方，总计获得的收益也仅为1.82亿元。如果业绩承诺没有达成，冯小刚和明星股东则需要以现金方式向华谊兄弟补足，冯小刚2017年的压力很大。

从此次《芳华》的票房趋势来看，猫眼专业版给了7.66亿元的票房预测，界面新闻给以8亿元的乐观推测。那么，在8亿元的票房基础上，出品方可以拿到37%的票房分成，也就是2.96亿元。当然这里的出品方不仅仅是东阳美拉，还包括北京文化以及文投控股等公司。而成本方面，《芳华》的整体投资约为1.3亿元左右。换而言之，全部出品方的利润约为1.66亿元。假设东阳美拉对项目拥有80%的运营权，东阳美拉最终获得的净利润约为1.328亿元。如无意外，东阳美拉今年依靠《芳华》就能完成业绩对赌承诺。

当然，对于华谊兄弟而言，持有东阳美拉70%的股份，则会对其产生9296万元的归母净利润，业绩将明显增厚华谊兄弟2017年盈利。不过，二级市场方面，投资者对于《芳华》的票房预期反应平淡。截至12月18日收盘，华谊兄弟股价涨幅1.12%，收报9.05元/股；北京文化股价微跌0.56%，收报14.27元/股。可见，单个明星、导演甚至单部电影对于公司业绩产生决定性贡献的可能性正在逐渐消失。这是另话了。

所以，大家不必较真，就当是一部商业片以平常心看待就好啦。见到芳华，在《小花》的主题曲里意淫一下，也就罢了。

士人风骨，尤可贵

《无问西东》实际上并算不上一部太小众的电影，除了四段式叙事、闪回剪辑略显文艺外，实际上它是部立意很直白，情节很套路的电影，但仍有相当多的观影者认为无法流畅理解与观赏，只能说国人的电影素养还普遍停留在传统线性叙事的层面，指向清晰的倒叙、插叙，或者花开两朵各表一枝的章回体小说的中国式叙事可能已是他们理解的极限了。这无可厚非，因为电影从来都是分层的，你非要所有人都能接受或了解，这本身就是件很困难的事。反过来，就好比，你非要从爆米花电影中看出深刻来是不可能的，同理，你想轻轻松松完全不动脑无需调动知识体系就看懂并领会艺术电影的隐喻、结构美学乃至导演铺陈下的那些小心机，也几乎是不可能的。所以有些电影注定就有门槛，这也是为什么在电影工业成熟的美国与欧洲，商业电影与艺术电影是有两套评价体系的，甚至有些电影就是只针对小众市场（比如艺术片院线）。中国电影这些年红红火火，产业渐成气候，加之电影产业从来都不仅仅是简单的商品消费，内容产品涉及太多文化上的、意识形态上的东西，注定每一次的新片上映都成为众人关注的热点。但问题是，关注评判的立场与标准完全都不在一个点儿上，于是问题就来了：有人拿作品的标准去苛求产品，有人拿产品的套路去理解作品，当然都不对路。所以众说纷纭，所以毁誉参半，所以两极分化，没法儿有定论。当然，也有特别聪明的高明的做到了商业与艺术兼具，老少咸宜的合家欢，但至少目前中国的电影水准还达不到，通常要做出取舍。市场没有细分，生产者与消费者都容易困惑。

讲真，《无问西东》从纯艺术的角度来说，并不高明，也没什么突破，但也没什么太大的问题。它的可贵不在形式在内容，四个故事承载中国近代百年精英知识分子史，立意是很宏大的，单凭这一点，要为这个80后导演点赞。它确是一部真正向知识分子致敬的诚意之作，这之前的《黄金时代》，也许手法上更老到些，但没有这样的格局，虽然也很知识分子，很民国，但还是小情小调，自说自话。《无问西东》放映的最后五分钟彩蛋，连影院扫地的阿姨都忍不住停下瞭了几眼，刚才还以为结束了，吵吵说电影好乱的小年轻也静了下来——片尾那些熠熠生辉的名字与成就实在是震撼人心。

印象中，能让我愿意看两遍的华语电影，以前只有王家卫导的。这两年，看完不过瘾，进影院又看一遍的电影有两部，一是程耳的《罗曼蒂克消亡史》，再就是，是的，李芳芳的《无问西东》。《罗曼蒂克消亡史》很酷，是炫技之作，导演程耳毫不掩饰的才华从每一个细节中溢出来，必须再次细细回味；《无问西东》是知识分子赞歌，有我最渴望与敬仰的高贵的人与品质，我愿意再一次怀着崇敬之心，为百年知识精英的大善大美致敬。

愿意刷两遍的电影通常结构精妙，细节值得玩味，声画优美，出其不意。观影的过程充满趣味。

如果你没有看过《教父》《美国往事》，不了解《M就是凶手》，甚至不知道《2046》的妙处，那么在《罗曼蒂克消亡史》中，你就无法体会那些枪战、血腥镜头与家族灭门俯拍镜头中的暴力美学，无法领会小五车站杀二哥的场景之妙，无法体味渡部在餐馆中枪后与在战场上受伤后两次吹起的口哨中的深意……这考验的是你的观影经验与眼光。如果你不曾有对于空间、时间互文性的想象力，当然也很遗憾，你也就无法在这打乱了时间顺序、交叉叙事的庞杂中发现它结构的精巧与高明，并在挖掘细节、推敲因果的过程中获得极大的快感……这考验的是你的阅读积累与逻辑能力。如果你对西方古典音乐完全缺乏认知，当然也就无法识别导演像作曲家一样，像利用音符、音高、和弦等一样运用电影符号精确地控制着电影的节奏，无法领略导演令人叹为观止的符号把握与精确控制能力，不会被他的高超技巧所折服……这考验的是你的艺术素养。而如此种种，对于那些善于在电影院吃爆米花打电话的观众来说，无疑是非常不友善的；但对有要求的观者却是极为尊重与负责的，给予了他们最好的体验与乐趣。

说回《无问西东》，用胶片拍的电影充满写意之美，流畅毓秀像散文诗，远景、俯拍、留白，是镜头语言下的中国画，其中西南联大的片段拍摄尤具美感。但这部电影打动人的不是这些，不是文艺青年们津津乐道的那些鸡汤式哲学对白、旁白，而是一个年轻的导演拍出了之前很多大导演试图达到但没有完成的中国知识分子的风骨与精神，尽管很直白很抒情，但能让人真切地感受到并感动。我爱的是它知识分子的故事。

我没有经历过那些年代，但我能够理解并体会。中国传统文化的滋养、文学的熏陶，从小看到大的那些名字，对民国知识分子的敬仰感召着我，学识、品格、贵族精神，这是之后经年文化史所欠缺的，心向往之。我的父亲是50年代的大学生，一个出身贫寒的农家子弟，靠勤奋刻苦与天赋考到北京石油学院（前身正是以清华大学石油系，汇聚天津大学、北京大学等高校的部分师资，于1953年创立）。学石油开发与勘探，注定要去最艰苦的地方，毕业后留校任教的他也曾历经大庆油田石油会战的艰苦岁月；我的母亲二十岁出头的年华从中国人民解放军总医院北京301部队医院支边调往青海工作了近十年，亲身参加了研制原子弹爆炸的动物试验，当2014年中国第一颗原子弹爆炸成功五十周年之际，拿到那张迟来的参加原子弹实验人员的光荣证书时，母亲是多么的百感交集。当我看到电影中的陈鹏们，一群年轻知识分子在荒漠中向研究基地行进的时候，我看到的就是我的父母，他们那一代知识分子的青春，无私地、无悔地献给了这个国家，他们的善良、发自内心的不计得失，我敬佩。

或许，当下，知识分子面临的是另外一种如张果果所面对的那种尴尬的困惑，无关生死、不涉大起大落，但一样是对人性最基本的拷问与考验，不随波逐流的风骨，那是知识分子永远最最赖以存世的宝贵财富。自问，自己有吗？

有人评论说，这是给知识分子看的电影，不是给人民看的，我倒觉得对知识分子做客观的评价，而非一味污名化，这不是应该的吗？老炮、文工团都有人唱赞歌，知识分子为什么不能？有人说，太理想主义了吧，有人投笔从戎也有人去异国他乡啊，有人北进亦有人南渡啊，真的不问西东吗？正是有人无问西东甘于牺牲，它才更可贵不是吗？那些群星闪耀的岁月，在没有理想的年代更需要唤起啊。

不要轻易地肯定或否定一样东西，当你轻率地评议时，你确定真的了解吗？

为了这口醋包的饺子

　　《邪不压正》是姜文导演的第六部电影。他是当下中国电影的奇人，二十几年间的六部作品部部引发话题，人们永远在好看、看不懂的两极间争论、解读、解构着姜文电影。对于人们那些各种愚蠢的揣测，姜大导挺烦的，这不，这回直截了当在电影里自己亲口告诉大家了：蓝青峰穿着大褂，一步跨上自行车，车把上挂个空布袋，晃晃悠悠买醋去了，为了吃饺子吗？蓝青峰跟亨德勒父子说，哪里，是"为了那口醋才包的这顿饺子"。

　　这就是姜文的逻辑，也是姜文电影的逻辑。

　　所以呢，就别瞎猜了，这个逻辑让一切都很明了：为了自己开心才拍的电影（您爱看不看无所谓）；为了拍心中的北平才用了一个正好写旧北平的故事（可以是《侠隐》，实际上也可以是其他什么）；为了老婆一如既往超凡脱俗得像仙女才改的巧红的人设（实际上无论是疯妈、花姐，还是武六、巧红，人物看似不同，实际上就是一个人——永远的周韵）；为了怼影评人顺便让史航露个脸才加上个潘公公（随处埋个梗表达下态度多好玩儿）……总之，所有的饺子都源于那口想喝的醋。

姜文就是这么任性。

实际上谁又规定了非得吃饺子才能去买醋呢？为啥就不能因为先有自己才有电影呢？艺术本来就是自我表达嘛，只是姜导的表达欲尤甚罢了。更何况是你们自个儿哭着嚷着要解读、要膜拜的。隔个三五年才拍部电影自嗨下，搅得大家都一块儿嗨，铺天盖地的，像过节似的，也挺好。所以呢，我倒觉得，人家姜文电影出来了，赞也好损也罢，何必太认真。你在那儿为饺子好吃不好吃，从皮到馅儿地品味较真，哪承想人家在乎的根本只是醋。

换个醋的逻辑，《邪不压正》可能就有趣多了。

作为姜文电影的类型要素，《邪不压正》哪样都没缺，英雄、美人、霸气、痞气、荒诞、超现实、黑色幽默、暴力美学，情色，隐喻……但这些都不重要了，我们不谈。我们直接品品那口醋。

七七事变前的北平真美啊

连绵起伏的屋顶，天际隐约浮现的城楼、箭楼，城墙边呼啸而过的火车，雪后银装素裹的街景，天安门前的长安左右门，曾被八国联军轰掉了一个犄角的内城东南角楼，北海南门前一层套一层的三座门和牌楼……那些只在老照片上见过的老北京城，竟然活生生地出现在大银幕上了。

李天然从美国回到北平，他坐火车进城，蒸汽火车穿行在城墙根下，雪后的古城银装素裹，途中看到一个屋顶有缺损的角楼，那就是内城东南角楼，俗称狐狸塔，相传这里有狐仙"经常来去，所以门要开着"。1900年八国联军进攻北京时，北京内城四个角楼都受到不同程度的损坏，内城东南角楼房顶和部分箭窗被炮火炸毁。影片中，外国姑娘帕梅拉的被害地点也在这里，这一情节正取材于1937年发生的一起真实案件。

街上李天然看到猪肉铺门口挂的猪尿泡很有趣，随手捏爆一个，被人讹了钱。过去卖生熟白油、猪下水等物的店铺，门前经常悬挂一串串猪尿泡，好似白色气球。

那场吃得跌宕起伏、暗流涌动、惊心动魄的夜宴，地点设在六国饭店。六国饭店建于1905年，位于东交民巷核心区，当时各国公使、官员及上层人士常在此住宿、餐饮、娱乐，是达官贵人的聚会场所。当时一些下台的军政要人也常到这里避难。民国前后老北京的许多重大历史事件都和六国饭店有联系。

李天然与朱潜龙约在北海决斗，前往北海时一路上穿过北海南面的金鳌玉蝀桥、牌楼和三座门。清乾隆年间，金鳌玉蝀桥才从木桥改建为石桥，桥的东西各竖有两座牌楼，东曰"玉蝀"，西曰"金鳌"，桥的两侧各有一个"三座门"。这些建筑现已不复存在，电影却真实地再现了。

不得不承认，姜文用自己最大的热情和耐心，还原了1937年前夕的北平，严谨而精致。

暮色沉沉中的钟楼上可以望见半个北京城，蓝色的天幕下，古老的中式屋顶群，二百年的白兰地，就着冒烟的日本人鸦片仓库，英俊的年轻人兴致勃勃地问：我让你温的酒温了吗？美人娇憨地说：温了。再问：酒呢？答：喝了。还有比这更浪漫的吗？

对于再现的北平，姜文是浪漫而深情的。

世事真他妈荒诞啊

故事是不合逻辑的，也许这个世界本身就是这么不合逻辑。片中充谥着大量幽默戏谑的台词和情节，似乎每个角色都在一本正经地说段子，装腔作势舞台剧腔的对白，充满戏剧性。

蓝青峰对医生亨德勒说："我们是异父异母的亲兄弟……"

蓝青峰忽悠警察局长朱潜龙，说他是朱元璋延绵至今的亲生血脉，看着廖凡那张与画像上的明太祖一个模子般的鞋拔子脸，姜文夸张地说："太像了！一看就是亲孙子！"这简直，连我都信了。两人异口同声地调侃蒋介石："正经人谁写日记啊？下贱。"

连最高潮的复仇桥段，李天然与朱潜龙决斗，打斗得老不正经，用戏谑感消解掉了本应有的激烈的情绪投入。

所有人物的行为逻辑充满了前后的不统一，我们看不到一般电影中常见的人物理想，以及为了达成这种理想克服种种阻碍的努力。我们看到的似乎都是见招拆招的机巧、夸张乖戾的人物表现，以及以一种半戏谑的态度看待周遭发生的一切本应很沉重的国恨家仇。

然而荒诞，用姜文的话说，"只有超越了表面的现象，才会注意到荒诞，荒诞不是可笑，更多是接近本质的东西"。戏谑地看待历史与世事，其内涵却是悲凉。当年梁启超得肾病本不至于致命，当时协和医院最好的大夫主刀，竟然犯了低级错误，失误将梁启超的一个好肾切除，导致了梁启超英年早逝。真实的人生一直就是这么荒诞离奇。

甚至我都觉得姜文就压根没打算正经讲故事，他要的是嬉笑怒骂中的好玩儿。

周韵引领姜文前行

姜文电影中通常都会有一绝色尤物，风骚入骨，如县长夫人，如完颜英，如"北平之花"唐凤仪，浓墨重彩。而周韵永远是电影里一个特殊的存在，在姜文的镜头下，发着光，她是神。《邪不压正》中的关巧红，基本活动空间在屋顶，特别多仰拍的镜头，镜头久久地注视着她，拍尽她的各种美，简直舍不得移开。较之许晴的"肉之美"，她就是姜文的"灵之美"。在电影里关巧红帮助少年李天然成长，现实中周韵在精神上引领姜文前行。谈什么人物塑造、剧情需要，所有的饺子不就是为这口醋而存在的吗？镜头是最好的明证。

从这个角度说，《邪不压正》是这一对在"撒狗粮"。

光听听配乐就很好

《邪不压正》片头是一首肖斯塔科维奇的《第二爵士组曲》——《第二圆舞曲》，欢快热情。这首曲子库布里克在《大开眼界》里用过，姜文是库布里克的粉，他总是能想办法在自己的电影里埋下向偶像致敬的各类线头。

　　片中，每当李天然上屋顶，就会伴随优美的古典音乐响起，加上或近或远的屋顶镜头，热血少年李天然飞檐走壁，充满诗意。当李天然对着关巧红在屋顶诉说自己的爱恋时，一首英国作曲家Eric Coates作于1930年的轻音乐作品*By the Sleepy Lagoon*（《睡意沉沉的环礁湖畔》）恰到好处地响起。姜文还两次用了意大利歌剧作曲家塔诺·多尼采蒂的歌剧《爱的甘醇》中的一首咏叹调，帕瓦罗蒂演唱的《偷洒一滴泪》，这深沉的爱意，借着李天然唱给关巧红，实际是姜文想抒发的吧。

　　而李天然在钟楼敲钟时的配乐，是挪威作曲家格里格《培尔·金特》中的"索尔维格之歌"，旋律优美，哀愁荡漾。

　　不得不说，姜文的音乐品位真是相当好。

　　当我们不去纠结于那碟饺子的口味时，也许还真能发现这口荒诞而浪漫深情的醋，挺好喝。

宫斗见真知

"当人们在看宫斗戏的时候，实际上在看什么？"

还是得从"使用与满足"说起。

所谓"使用与满足"，说白了就是回答"人们用媒介做了什么"的问题。研究者分析受众使用媒介的动机与从中获得的需求满足，以此来考察大众传播给人带来的心理和行为上的效用。即是说，受众的媒介接触活动是有特定需求和动机并得到"满足"的过程，当然包括追剧。

比如通过追剧，满足人们的认知需求、情感需求、舒缓压力的心理需求，甚至自我认同、社会化需求……是的，这些都没错，可是为什么偏偏选择了"宫斗"？

早在20世纪八九十年代，曾有一部美国CBS拍的风靡全球的电视剧《豪门恩怨》，这部描写石油大亨豪门家族命运的剧集，从1978年到1991年，播出了十三个年头才最终落下了帷幕，高达357集的剧长，一时创造了ABC电视网的纪录。此剧甚至在地球上最为贫困的非洲，也成为男男女女争相观看而不愿错过的电视剧。饱受饥饿之苦的人们以极大的热情关注这部连续剧里的恩恩怨怨，接受的是与自身非常遥远的美国的生活方式、文化、习俗与思维。文化霸权学派一度以此剧为例，批判电视媒介使非洲人民暂时逃离了对自身命运的思考，忘却了全球语境中的非洲现实问题，恨他们从剧中人奢华的生活中获得一种替代性的暂时性的麻木与满足。

豪门、贵族、皇家，这些与我们八竿子远，本与你我芸芸众生毫无关联的东西却引发了人们极大的兴趣。恰恰是不了解，所以好奇，所以新鲜，皇家气派、宫廷富贵，豪门奢华、贵族风范，野史奇趣，煞是勾人。这满足的是人类猎奇的天性，或者说是认知需求，倒也无可非议。但，仅此而已吗？

是的，人类社会的文明史其实就是一部残酷的生存史，无论是工业文明对传统的农业文明的替代，还是信息革命对经济、文化的重塑，都无法从根本上解除人类的生存危机和精神苦恼。现实社会的残酷无法面对时，人们转向虚幻，后现代生活方式的来临势不可挡；摒弃理性的思考，选择一种轻松的生活，成为大众的选择。肥皂剧、游戏其实迎合的是人们精神上的茫然，但同时也带来更大的精神困顿。大众对身边的现实熟视无睹，对如何改变自己的命运不做抗争式的追问，沉溺于荧屏，在媒介创造的影像中实现满足。

人们越是渴望从媒体那里获得满足或是认为他们获得了满足，他们就会越依赖这个媒体。难怪"宫斗戏"如此大行其道。

斗字为先，阴谋、算计，一山又比一山高，螳螂在前黄雀在后、上位、反转，韬光养晦，反戈一击。

所有这一切，现实中有，职场上也存在，但一旦放在了宫斗戏里，便被高度集中、无限张大。毕竟，谋划的不是个职位，是天下呐，抢的不是普通男人，是皇帝呢，失败了不是少了个饭碗，一步错就是掉人头啊。

一个封闭的极端的人类小社会，所有的矛盾在这里被极度扩张：这个社会里资源是极度稀缺的，男人只有一个——皇帝，后宫三千，只有争，且不择手段才能获得；这个社会遵循丛林法则，且极度遵循，弱肉强食，没有第二条道路，避无可避；这个社会的人性复杂与丑恶，成者为王败者为寇，只有成败没有对错；这个社会极度不对等，男权达到极致，集权强权更是登峰造极……

这样的极致环境下发生的故事，人的行为自然也是极端的，或者说冲突是激烈的，矛盾是白热化的，故事是极具戏剧张力的，可谓步步惊心。而这最为符合影视剧的审美逻辑。人们在这种臆想的极致里，感受到的是如过山车般的人生，高浓度的苦痛或爽快，很刺激，欲罢不能。

至于所谓历史还原度，真是想多了，在细节上用些心，视觉上制作精良考究就足以笼络受众心了。对于一部宫斗戏而言，"服道化"赢了，就成功了大半，毕竟人们才不会真正关心什么登位大典是啥制式，人物在历史上是否真的是守业有成的明君抑或廉政清明的能臣，也没有那能力考证。但妃子衣襟上蝴蝶的绣工，溜肩美人的古典玲珑，云鬟上步摇的摇曳生姿，腰间系着玉佩的通透，美不美好不好，是否与那古书古画神似，感觉是否古风扑面，是姹紫嫣红的俗还是水墨丹青的雅，还是判断得出来的，没办法，大众嘛，就是这么肤浅。历史资源到了大众媒介这里，就是玩就是乐，以做研究的正经去考证，无趣啊。

历史在媒介中的想象与呈现，真实与否实际上并不是首要考量的目标，借这面镜子反映当下的社会现实和精神需求往往更为切要。让宫斗剧"历史照进现实",倒确实能从这面镜子中反射出来一些暧昧不清的模糊身影。

于是文化学者、社会学家、女权主义者都站出来啦。

文化学者痛心疾首:从香港到内地,从《金枝欲孽》到"甄嬛","延禧"再到"如懿",服道化的表面差异下,所有"宫斗剧"讲述的都是同一个故事,如何在竞争中PK掉其他对手,把个人权力和利益最大化。故事背后,透露出赤裸裸的权谋文化和工具理性价值观念。秉持着这样的价值规范和意义逻辑的作品却风行一时,甚至影响了许多人对历史的想象和对现实的认知,不能不引起我们的认真思考和高度重视。

女权主义者深恶痛绝:"宫斗剧"最令人担心的,是它表现出来的对权力结构和权力逻辑的认同。这种认同,包括对父权意识下"多妻制"的认同,也包括对"成王败寇"逻辑的认同。女性成为"宫斗"的主角,究竟是中国女性主体意识的觉醒,还是不过是封建父权文化的一次"借尸还魂"?

社会学家更是意味深长:从人们对于流行宫斗戏的趣味反馈,可以重新审视正在悄然发生的社会变迁。未来的社会将会进一步分化,极端情况下,社会可能分为两个阵营,少数掌握政治、经济、技术的精英,以及另一个在人工智能迭代下逐渐失去经济意义的无用阶层。现实世界中人们愤怒与不满,如何安抚或者稳定这些无用阶层将成为巨大产业。无论是《黑镜》中的虚拟比赛,还是今天大热的抖音、《延禧攻略》等爽剧,已经暗示了比起满足物质需求,满足精神需求更为重要,也更为低廉,软阶层社会,娱乐会是一门大生意。

愚以为，以上说得都相当深刻。

但是，以替代性满足来消解沉重的人生终究是一种排解啊，它让我暂时忘记生活的苦涩，一时逃避了眼前不想做的苦差，看看长得像豆芽菜一样的奇女子魏璎珞一路升级打怪，见人杀人见佛杀佛的魔幻故事，燃、爆、爽！很有效。在虚拟的剧情或者说游戏场景中，为咱们21世纪新女性呈现了一个多么完美的解决方案：一心追求复仇事业同时赢得爱情，热爱自由坦荡与身陷宫廷富贵可以两全，晋升路上无需心机即可上位，最初回避生育也可以儿女双全，甚至子女无需自身教养都可以顺当成为皇室继承人……人们终于过上了科幻作家赫胥黎所写的"美丽新世界"的生活。

作为这乌合之众中的一员，我看的那可真是一个津津有味。唯一还值得宽慰的可能是，脑子里多少还存有一个声音：奶嘴终究代替不了牛奶与面包。毕竟，最终，人生还是要自己面对的，活儿来了还是要硬着头皮去完成的。

黎曼猜想的无限可能

张欣老师的最新小说一拿到手，是不睡觉也要一口气看完的。

一如既往地具有极强的可读性，一如既往地把人性写到骨子里。

作为一部都市长篇小说，《黎曼猜想》"实在就有那么好"。

先说故事，成功的女职业经理人，无意间介入了初恋情人的家族企业，目睹并经历了这个家族的生死情仇，帮助家族接班人走出困境的同时也完成了自己的精神救赎，与自己达成了和解并重生。

豪门恩怨、商界风云、爱恨情仇，第一反应是，好亦舒。滴水不漏的情节推进、环环相扣的人物关系、恰到好处的细节描述、张弛有度的意境营造，太好看太抓人，以至强大的故事性甚至屏蔽了故事背后更重要的东西。

你以为张欣是亦舒，就错了。

在序言里，张欣写了这样一段文字："常常是那些历经磨难的人，才会说出'诚觉凡事尽可原谅'这样的话。就像政治的最高境界是妥协，人生的最高境界是柔软地面对自己，和自己讲和，和周遭的对抗力讲和，和岁月握手言和。"爱与恨的母题才是她的立意吧。

这并非是一个仅仅好看的空中楼阁的虚构，它在现实语境中展开，扎扎实实地呈现我们所经历和熟知的一切；也不是高高在上的只发生在豪门深院里的故事，它就是都市人生；甚至不仅仅是都市的故事，以都市为幕，上演的正是这个时代人们所面临的共有的巨大精神困惑与焦灼，比如孤独、抑郁、疾病，比如情感的荒芜与巨变中的压力。

有时真觉得我们生活的当下很奇特，现代都市是光怪陆离的万花筒，生活有时倒更像出大戏，日日见猛料，天天有刺激，虚构甚至还跟不上现实的步伐，文学反而不如现实版来得过瘾与有冲击力。张欣用文学把复杂的现实抽离，搅拌得特别有味，我们的都市人生苦旅，就是黎曼猜想的难题，也许有解，也许无解，无休止地不确定，只有你自己是那个解锁密码。

主人公茅诺曼是广州女人，尽管小说没有刻意点明，但小说嵌入了一系列我们熟悉的场景：一德路海味档口，珠江新城甲级写字楼，文华、四季、丽思卡尔顿诸酒店，中山医口腔医院，二沙岛，花都别墅，科学城，甚至天河立交下的潮式砂锅粥大排档……看着就是亲切！茅诺曼不美艳却干净利落、干练得体，她淡定、大气与沉静，她秉持着"所有的事都是交易，都不过是一盘生意"的人生哲学与基调，这些确实都是优秀广州女人的特质。张欣显然在坚持着，她一直在书写着广州这座城市，触摸着这座城市的精神与气质，在茅诺曼这个人物身上能够感受到她的努力，但不知为何还是觉得欠缺点儿什么，特别是随着故事的展开，茅诺曼在与阎家的纠缠中情感的各种处理方式让人觉着这不像广州女人，人设开始有些模糊与不分明，或许广州女人真的太难写，有太多可探索的空间。

反倒是小说里的那两个年轻人很是打动人。

阎黎丁与迟艺殊应该都是90后吧，张欣把都市男女的脆弱、困惑、挣扎乃至成长写活了。阎黎丁原是一个锦衣玉食无忧无虑的富二代，经历了一系列的家族变故，开始体味人生并成长。迟艺殊从激烈的生存困境与情感挣扎中勇敢地走出来，完成了独立自主的蜕变。他单纯、善良、软弱甚至脆弱，她美丽、聪慧、矛盾却坚韧，他们的境遇困扰不同，却都在努力的抗争中相遇并相互懂得。

迟艺殊因为自己深爱的贺小鲁娶了富家女而痛悟，她在大排档向阎黎丁说："还是穷人最嫌穷人。以前我有个错觉，以为我跟你有差距，但跟他是一样的，都是家境一般，没有背景，都是奋斗一族，咬牙坚持。但其实我和他并不相同，也许他更急于摆脱贫穷……你妈妈从没有拿正眼看过我，贺小鲁甩我就像甩旧袜子似的。真心受够了这种歧视，我会努力成为富一代。就他妈的靠自己。请叫我富一代。"说完她的头重重地倒下，左边的脸颊贴在桌面上，醉过去了。这段看着真让人心酸，这就是当下都市平凡女孩的真实苦痛吧，残酷而现实。

含金钥匙而生的富公子就是幸福的吗？在家人的爱恨夹缝中，在巨大的人生变故中，这温室的花朵精神都差点儿崩溃了。并不像人们所想象的那些张扬的炫耀的富二代，有教养、温柔、低调、无求甚至刻板拘谨的阎黎丁显然更加真实可信。

小说的人物非常有层次，老、中、青，不同年代的人物有血有肉，编排得当。主要人物、小人物、过渡人物，每一个细节都精挑细选。且不说已逝的只出现在记忆与旁述中的阎副官、阎诚描绘清晰立体，更不要说忠心耿耿寡言的老派人曾司机，还有用色情打火机的公号大咖流氓姐姐，该出现时出现，不突兀不违和，没有浪费的笔墨，这故事讲得真是行云流水。

人物关系与矛盾层层叠叠，极有张力：尹大小姐与武阿姨的刻骨之恨，两败俱伤，至死未解；奶奶与母亲的不和解和同时对阎黎丁的深爱令阎黎丁痛苦不堪；茅诺曼与阎诚爱而不得无法释怀，与肖千里爱恨交织结下心结；迟艺殊深深爱贺小鲁却被抛弃，欺骗了阎黎丁但获得了原谅……爱恨交织，千头万绪。

恨与怨，至死未解；执念与痴缠，终也放下。尽管最后还是没把话说完，留下了开放式的结尾，但方向已指明，基调仍是温暖。

是啊，人性复杂，人心叵测，生命脆弱，命运多舛，职场即战场，都市如江湖，但张欣仍然希望"在黑暗中发现光"，告诉我们"什么都不会改变，唯有内心"。

掩卷而思，黎曼猜想，回味无穷。

礼孩的电影夜

　　2017年末我们最后一场"开卷广州"活动请了诗人黄礼孩，因为考虑广州购书中心的开放空间与推广阅读的大众效果，搞了个诗歌会的形式，热热闹闹的，与迎接新年的气氛挺搭配。但我想，其人其诗也许应该用另一种更安静更有品质的方式呈现。满足了活动的效果，却牺牲了礼孩的味道。人是我请的，所以觉着欠他一篇东西，从一个并不完整且很个人的切面说说对他的认知，诚恳地。

　　黄礼孩因为他创办的《诗歌与人》、主编的《中西诗歌》，因为他坚持了十二年的"一个人的国际诗歌奖"，因为他创意十足的"广州新年诗会"为人们所知，当然，还有他奔走呼吁支持的徐闻农村春晚、方言电影节。他是名人，评说夸赞的文章很多，有一大帮文艺青年粉，我无意再添砖加瓦，而且似乎也没办法再说出什么更高明的溢美之词，我唯有老实地从在他那儿度过的奇妙而难忘的电影夜说起。

　　礼孩在他沙河顶的工作室安装了大屏幕投影与影音设备，他收藏了海量的影碟，有空就呼朋唤友放电影，我受邀参加过几次。

　　第一次去印象最深刻，迟到了，一口气上到八楼，气还没喘平。他工作室门大开，音响声音很大，灯已熄，衬着电影的光，看到坐了一屋子的人，诗人远远坐在他的工作台后，台上还开着一盏台灯，似乎在工作，时不时瞟两眼电影，那场景很奇妙。

有时看完一部，大家意犹未尽，接着找第二部看；有时电影放完，开始讨论会，现场聊观感，那一刻我觉得好有表达的欲望。

还有时，大家都没空，或因突发事情不能来，礼孩说他自己一个人看。想想他在摆满书的漆黑空间里，一个人对着投影大音量地放电影的情景，觉得他骨子里真是个极为浪漫的人。

对礼孩的诗人与艺术家圈子不熟悉，但在他那篇《一条异质混成的文艺之街》的小文章里，能够一窥他的文艺日常。位于广州画院诸画家工作室中的办公之所，周边包围着省舞蹈学校、市歌舞团、实验现代舞团、广州交响乐团、广东民乐团……文艺的理想主义的浪漫的气息，竟然在广州这座市井的平民化的都会氤氲开去。

作为诗人的黄礼孩，也是评论家、研究者、编辑、策划设计的黄礼孩。从某种意义上说，他突破了诗歌的边界，他总是力图将多种艺术元素与诗歌发生关系，又总是能发现和创造音乐、绘画、雕塑、舞蹈……各种艺术形式与诗歌间的契合与相遇，这些在他的国际诗歌奖的颁奖礼上、在他的新年诗歌会上都有表现。我想，这与他工作着的那条异质混杂的文艺之街、与他生活着的广州——这座也许不那么文艺但却丰富而多元的城市的滋养不无关系吧。而礼孩神奇的地方在于，他不但在行动上探索与追寻这种突破，更在情感上感召了各式各样的人，他身边聚集了各种艺术形式的艺术家、学者、媒体人、翻译家、企业家，甚至我们这些普通人，这是对礼孩于诗歌与艺术至真至诚的认同与欣赏吧。

诗人西川形容黄礼孩有着"温和的疯狂",这是我所看到的对他最传神也最贴切的描述。民刊、民间诗歌奖、民间诗会、民间春晚……真的好疯狂! 以一己之力,在几乎所有人都忙着追名逐利的当下,他坚定而温和地做着"疯狂"的看似无利可图的事。诗歌可能是这世上唯一没被商品化的精神之物了,我实际上好多次想问他,在这样一个焦虑不安、价值缺失的时代,如何能够保有赤子之心? 但话到嘴边又咽了回去,这问题好像很官方。

直至看到他获得了2017年"赤子之心"诗歌奖,这奖真是实至名归。留意了下颁奖词:以一种都市隐逸者的姿态对存在价值进行追问,探索诗歌朝圣的书写伦理与精神救赎的可能,在历史责任感和精神超越性之间保持了适当的平衡。这可能就是我那个问题的答案吧。后来看到他在《十月》上发的随笔,其中关于诗歌与诗人,他写道:"长着一颗背叛世俗生活的心,身体在物质主义之内,精神在边界之外,这双重的折磨,它们具有真实和幽灵般的命运,仿佛正面已走向死亡,它的反面未曾诞生。挣扎出诗人,诗歌是诗人展示出来的荒诞世界,一如在阴影中,我们看到光反抗着诞生。我确信,明暗之间,有一条界线,仿佛词的闪电。界线就是赌注,存在看不见的活路,存在闻所未闻的词语,并深埋着赌徒之心。赌徒之心有时也是诗歌之心。此时,写作重要的不是经验而是对边界超验性的寻找。"

我觉得我应该明白了,不需要再当面去向他确认了。比起资金的困扰,理想、激情、创造力的缺失才是他担忧的,他要以一个国际诗歌奖来维护诗歌的尊严,表达无中生有的对世界的渴望。

但礼孩真正让我觉得需要书写的倒还真不是这些,诗人行动家的标签虽然令他备受赞誉与关注（我当然也由衷敬佩），但同时也让人们忽略了他作为诗人的光华。诗性是他常常给我的一种感觉，他就是个天生的诗人，我觉得他所做的一切事更大的价值在于充满诗人的想象力与创造力。谁能够想到自己做评委搞个每年都颁不同雕塑奖杯的国际诗歌节？这本身已是诗了。

在有限的面对面的接触中，他从来都是温和的但却又总令我自惭形秽，在他那不动声色却光芒四射的才华与思想面前，我深深地不由自主地觉得自己平庸，太平庸。

我曾经把自己的小文章发给他看，他很婉转："还不错，就是比较普通……"开始还不以为意，但当认真看看他的那些文字时，我觉得自己不是普通而是平庸。

"诗歌是人性的悬疑，如此才会发生深刻的揭示和见解。"

"对生命产生轻盈的洞悉、对世界做有效的瞭望。"

"爱是灵魂的酣畅，它是秘而不宣的欢愉。它是冰封世界里活着的心灵；它是混乱中自然的秩序；它是人在绝望中对命运的感知，是生命的一种形式转化成另一种形式；它是站在善良土地上对苍穹的聆听；它是流霞中的春药，是面带玫瑰红晕的颤动；它是梦之塔尖未曾有过的生活；它是生存的宽恕，是粗暴精神抗争的承担，是基督灵魂的满天繁星……在写作中，爱就是一切。"

…………

怎么可以这样出其不意？这些超凡脱俗的、精致的、富有灵性的文字是怎么迸发出来的？可不是，与这样的感性的、诗意的文字比较，说我那些太普通实在是很客气了。

我请教他如何做到？他说自己对文字有很高的要求，会不断思考打磨，为一个词苦思冥想……但我觉得除了沉迷于语言的意外并足够勤奋、持之以恒，天赋与才华是不能忽略的吧。面对这样的文字与思想，我承认自己的平庸。

我觉得礼孩是个神奇的存在，在广州这样一座物质之城进行着精神性的探索与书写，他身上独有的雷州半岛乡土生活经验，与广州都市生活经验甚至世界眼光糅合在一起，正如他自己所说："很多时候，外部的喧嚣掩盖了内心的浮躁和冷漠，没有人愿意聆听鱼虫之语，没有人能为草木解梦，一个生灵在远离另一个生灵。但诗人没有屈从于邪恶的幽灵，只要诗人手中有光一束，只要光的种子没有从中逃离，天堂之火就一直在生命中燃烧。无论生于奇迹中还是平凡里，诗人置身的魔圈越大，转化的力就越疯狂。我们向往的诗歌将借助永不直白的词语倾吐秘密、恐惧、绝望、未知、回忆，召唤沉默不语的现实世界或盛大的白日梦。"

从徐闻海边小渔村到广州再到世界，都是他的生命能量场，乡土的国际化，礼孩是走得很早也是我认为很有调性与品质的。

嗯，又想去赴诗人的电影夜了。

悠游自在——

城中央，一盏灯

十几二十年前，闲时喜欢去广州购书中心的六楼，在密集的卖教辅、各类考试书的格子小书店群里藏着一家不起眼的必得书店，有非常小众的人文书，特别是杂志，时不时还能觅得一些很棒的港台版书，人文、艺术、电影等等，小小的一个宝藏。

"必得"走的高冷艺文路子，店主却很"师奶"，常驻的两个店员也都是阿姨辈的中年妇女，因此很是家常与亲和，却又个性鲜明不媚俗，有料低调不装令人觉得很广州。还喜欢学而优书店，那里人文社科类的书多，能找到很专业的学术书，格局是我喜欢的知识分子气息。中大旁的"学而优"这些年来学术味儿越发浓厚，就着中大这个好平台，常常有很棒的学术沙龙，一时间"谈笑有鸿儒，往来无白丁"，倒也热闹。

那时书店就真是卖书，因为纸质读物不像今天这么尴尬，那是南"先锋"，北"万圣"，独立书店的黄金时代，即使在据说是文化沙漠的广州，还是有着忠诚如我等的顾客。

当然，也曾附庸风雅地逛过开在广州美院里的博尔赫斯，到华乐路上的唐宁喝过咖啡，好像很文艺的样子，装蒜的成分更多些。

真正为了书而去的还是"必得"与"学而优"。

有那么几年，因为亚马逊、当当，把卖书的实体书店压得无力招架，书店凋敝，夹缝中求生存。后来，北京路开了联合书店，一如步行街的气质，商业味比较浓，卖的文创多过图书，书也都是生活、时尚、畅销种种，毕竟要在这样的环境下生存，不可能阳春白雪，不食人间烟火。

再后来，太古汇的"方所"成为城中热点，在高档商业中心将近两千平方米空间的铺排，很是大手笔，开创了商业地产与独立书店合作的成功商业模式。"方所"创始人毛继鸿正是"例外"EXCEPTION de MIXMIND创始人兼董事长，有品质有情怀的商人。这一集图书、服饰、生活美学产品、咖啡、展览及文化讲堂于一体的复合业态书店经营模式，很快被行内复制与推广。不久对面万菱汇里来了过江龙"西西弗"，形成对峙局面，"唐宁"也搬到了高净值人群聚集的珠江新城，连老牌的广州购书中心都重新改造了布局与经营理念……于是，好像"没有一点点防备"，一直遭到唱衰，几近被宣判死亡的实体书店，突然又活了过来，以新的姿态复兴了。

当资本向风雅致敬，书店迎来了春天。高品质的文化空间为商业带来了具消费潜力的人群，提升了层次，而商业资本的介入让书店运营少了后顾之忧，双赢，这是好事儿。

而1200bookshop的出现，让人发现，实际上书店已不是书店，阅读固然还是表面上的主角，但通常人们"醉翁之意不在酒"，以阅读的名义，重要的是寻一个温暖的、安心的、有故事的所在，求得每一个疲惫都市人内心渴望的心灵栖息地。

24小时不打烊书店不是行为艺术，书店主人刘二囍从偶遇的由东北走到广州的驴友故事里受到启发，请来自己的朋友、书店里满肚子故事的顾客，在城市的深夜开讲自己的经历，这个环节慢慢变成1200bookshop最具特色的"深夜故事"活动。讲演的人不是明星、名人，在这里，深夜的主角可能是保安、是独立舞者、是单车环游世界的清华学生，甚至是以书店为家的流浪儿童、流浪汉。"深夜故事"从一开始就很受欢迎，高朋满座，不断有读者因广州城里这盏深夜不灭的灯慕名而来。我们有多久没有过秉烛夜谈或深夜聚谈了，这本身已很是可贵与美好。有了这盏灯，书店开始变成一种新型的空间，陌生人之间重拾了互动、交流，每个人在其中都获得了地位对等的平等感、发自内心的尊重感，这也许是比如今大部分关系更弥足珍贵的情感联结吧，因为不为所求，只为内心的情感与精神需要。

前些日子，去参加了一家新开书屋的活动。"三乐文创"开在番禺区的保利大都汇，是一栋让人惊艳的独栋三层书店。整个书店以"空间美学"为设计理念，整体布局充满文艺美感和空间艺术气息，书屋的名字实在是委屈了它"奢侈"的规模。当然，它走的也是商业地产资本与文化创意合作的路子，但运营者的理念似乎又向前进了一步，倡导将空间美学融入社区，更关注文创与社区群体的互动。

我以为他深得日本著名独立书店COWBOOK创始人松浦先生的真传：书店的意义不只是卖书，最重要的是跟周围产生关联，努力成为社区所需要的分子，让自身具有社会性。

是啊，谁会想到，原本读书人买书的所在会一步步走到今天呢？

　　都市文化空间不仅仅是简单的建筑或景观，它活色生香，在不断进行着新的空间生产，展开着空间与人的互动，成为都市人生活方式的一部分。在都市文化空间中，传统与现代、时间与空间融合，空间与人互动，在空间生产中形塑着都市时尚与市民行为模式，乃至都市人的生活方式，推动都市文化的演进发展。它是连接、是符号、是叙事，更是为匆忙、焦虑、彷徨、浮躁的都市芸芸众生点燃的一盏暖色的灯。

城深不知处

有历史的城有故事，故事留下痕迹，城市就是由这无数的痕迹组成。看似平淡无奇，因着时光印证，实是无价之宝。它就在我们身边，不应仅成为追忆，更可变为日常。

广州城历史可以追溯到公元前887年的楚庭，一座近3000年历史的古城，至今繁华熙攘，北上广深也只有她了。这是我深爱她的原因。一想到我每天出出入入的芳草街，早在秦汉"赵佗城"时代就处在城周十里范围内（赵佗城位置东起农讲所、芳草街附近，西至教育路华宁里，南自西湖路禺山市场，北达越华路），总会澎湃着心生小激动。我生活着的空间、脚下的这土地令我自豪。奇特的是，却极少听到身边地地道道的广州人表达过这种激动，是因为他们无视这厚重，还是早已习以为常？以我几十年的观察，试着这样理解：自豪与骄傲化在了骨子里，演化成岭南人的自得其乐、笃定平和的强大内心。不夸不炫它就在那里，任谁也拿不去带不走，重要的不是过去而是当下，幸福与底蕴不是晒出来的，而是过出来的，无须说道。

我可没有那么淡定，我还是激动，我爱隐匿在这城中的那些珍宝。每发现一处宝地，总是忍不住想起一句广州老话——"真喺禾草襟（盖）珍珠"。近日游历十香园亦如此，一路走一路问人，竟十问九不知，唯一一位阿嫲晓得却说不清，最后还是手机导航给我指了路。

海珠区江南大道中转入内巷，有一条长长的河涌，据说叫马涌，沿河涌一路向北走，两岸绿树成荫，只可惜河涌的味道不佳，但依稀能够想象当年清清河涌边的美景。涌上数十米便有一座桥，到隔山村社区，远远便见一处青砖园子，门廊上书"隔山祖庭"，十香园到了。

不起眼的庭院大有乾坤，始建于1856年的院落，是岭南画派鼻祖晚清画家居巢、居廉兄弟的故居，也是居廉开馆授徒开近代广东美术教育先河之地。从这里走出大批后来的岭南画派大家，入门弟子高剑父、高奇峰、陈树人，被称为"岭南三杰"，是其中最负盛名的代表，十香园乃当之无愧的岭南画派宗祠。

园子是典型的岭南民居的庭院式建筑，据说仿东莞可园格局，古朴而雅致，因栽种瑞香、素馨、鹰爪、茉莉、夜合、珠兰、白兰、含笑、夜来香和鱼子兰等数十种香花而得名。工于花鸟的"二居"，种花并非仅为观赏更是为他们写生入画所需。每当花开时节香飘十里，点缀奇石，桥涵待月，甚是风雅。

园子不大，今夕庵是堂兄居巢的居所画室，啸月琴馆里住着堂弟居廉，紫梨花馆则是居廉授徒作画所在，馆前一株紫藤，门旁一木匾对联"月在凝枝梢上，人行末丽花间"，真是诗情画意的所在。

"二居"的花鸟画属小写意，尺幅都不大，有着鲜明的岭南地域特征，以岭南风物入画，重写生，创"撞粉""撞水"技法，独树一帜，也奠定了岭南画派的创新传统。啸月琴馆里展示了岭南三杰的高仿画作，虽继承居氏画风，却又都各具特色，融合了日本绘画元素，兼收并蓄，至此，折衷中西、融汇古今的岭南画派已成型。特别是高奇峰的画作水墨渲染尤为大胆，别出一格，画风刚劲，只可惜英年早逝。陈树人既是居廉弟子，又是居家的女婿，其故居就在十香园旁，也是佳谈。

观后叹息，深藏静巷的无价之宝，尽管历时数年被修缮复原维护，政府设作纪念馆完善管理，但实在是太过低调。试问有多少广州人知道？更不要说外地人知晓。一座三千年的城，让人记住的为何总是寥寥？岭南文化中最可书可写可铭记的岭南画派，影响深远，薪火相传，且至今生机勃勃。这十香园，我看无论史学、美学乃至文化层面都是瑰宝，就在城中就在眼前就在身边，居河北的我不识河南的它，相见恨晚，可惜可惜……

老　城

　　去过不少地方，走过一些城，感觉现如今的中国，似乎所有的城市都是一样的，无论大小，通常由颓败或萧条的老区，农田上崛起的新城、CBD、开发区，开发扩张过程中形成的城中村构成。尤其是城市的新区，高楼大厦、广场、商业中心，从布局到风格再到商业模式与品牌，标准化的、没有任何个性的、同质的千篇一律，当你见到几乎无城不有、攻城略地的万达广场，真是让人绝望。从南方到北方、从中部到西部，当所有的城都是一个模子的制式，当历史性丧失、自然生长的痕迹被抹去，这真是件很可怕的事。心有不甘，如果真要寻找些什么，唯有老城了。只是有些地方相当彻底，连老城亦在大拆大建中被连根拔起，不复存在。若幸运，发现一处原汁原味或保护尚好的老城，像拾到宝一样。

　　地图上西北一端的宁夏，似乎从未引起过我的注意，更未曾想过成为旅行的目的地。这个夏天，年迈的父母执意要去一趟，说是为追寻年轻时大西北工作的印迹，要看看沙漠、西北的荒芜。好吧，大致做了做功课，就出发了。沿河西走廊丝绸之路一线的甘肃、新疆也算深度游过，这宁夏我没有抱太大的期望，西北嘛，不都是那风格。若说大漠自然风光，确实与我之前所见大同小异，预料之中。然而却有惊喜发现，那就是老城了。

银川的老城、青铜峡的老城与中卫的老城。

银川也有新区，崭新的高大上，但与老城似乎区隔得很好，新区远远的，爱怎么搞怎么搞，各自相安无事，倒也是种发展模式。围绕着南门广场一线，鼓楼、玉皇阁的老城内保持原貌，清清静静，安逸得很。有两千余年历史的银川城，魏晋南北朝时为赫连勃勃的大夏国所统属，北周武帝在钦汗城增设怀远郡和怀远县，隶属灵州，为银川置县之始。宋朝时被崛起的党项人所占，建兴庆府，李元昊建立西夏政权，以兴庆府为都，俗称东京，当为其最鼎盛的一段历史，蒙古灭西夏后，曾一度衰废。西夏文化是古城的一大看点。

银川位于青铜峡灌区中部，一路湿地、绿地众多，"塞上江南"的美誉名副其实，它西有贺兰山，东靠黄河，北接平罗县，地势平坦开阔，黄河南北贯穿，形成了较大的冲积平原，开发垦殖历史悠久，是西北的鱼米之乡。

兴庆府内古迹众多，海宝塔是最有味的一处。海宝塔寺始建的年代不详，可追溯的历史从南北朝大夏国始，也有一千六百年左右了。海宝塔是寺内主建筑，九层十一级的青砖塔，棱角分明，线条流畅，特别是绿色塔顶，不同于传统佛塔，倒更像是清真寺的顶，也算是融合吧。寺庙面积不大，雕梁画栋，亦有很多精巧的砖塑，与岭南的灰塑相近但又风格不同，没想到西北建筑竟也有如此细腻的一面。园中多槐树，树下坐坐，塞上独有的干爽清风徐来，吹散一层厚厚的槐花落英，很美。

凡有历史的城，必有古城墙，就必有鼓楼钟楼。

银川鼓楼是古城的中心，与解放东西街、鼓楼南北街相通。城楼上四面洞额上的石刻题字很有意思，东曰"迎恩"，南曰"来薰"，西曰"挹爽"，北曰"拱极"。古时的东南西北自有讲究，东升旭日，南来清风，西方豪迈，北辰拱卫。鼓楼挑檐飞脊，也是自成一格。

无独有偶，与银川城百来公里之隔的塞北古城中卫，县城正中亦有一处鼓楼，清初名曰丈昌阁，也是"十"字形门洞，分别通四面街道，感觉就是银川鼓楼的袖珍版。它的基座四面门楼上亦有匾额，是按方位反映中卫地理形胜的，东曰"锁扼青铜"，南曰"对峙香岩"，西曰"爽挹沙山"，北匾原为"控制边夷"，真真是与银川城鼓楼遥相呼应。

"锁扼青铜"意为中卫城郭处于青铜峡前哨，当作锁钥之地；"对峙香岩"说的是高峻雄奇，形容与香岩名刹比肩屹立，给人以巍巍香山为我壁垒之感；"爽挹沙山"则是古城避害趋利，使流沙降伏而不吞噬农田；"控制边夷"讲的是古城的防御功能，彰显城池坚固，是抵御外族入侵的边塞重镇。仅从小小门匾，中卫明代以来为宁夏总镇西路边防要塞的地位便可见一斑。

银川市郊的西夏王陵最能体现古都的那段惊心动魄的历史。贺兰山下西夏王陵，一马平川，碧蓝天空下戈壁荒漠，苍凉之地。想当年学宋史，一部宋史也是抵御北方外族史。西夏国强兵健卒，窥觎中原，游牧民族骁勇，有文字有文化艺术有严密的政治体系，却终也不过一百九十年，让人看得不禁怆然感慨。还在沉重间，不承想荒凉的所在也有生机与繁茂，旅游区有在贺兰山石上用西夏文刻章的服务，刻上一枚倒也是个有趣的纪念。在王陵边的农家小院吃了餐农家饭，摘了几个地里的西红柿，野趣盎然，心情舒爽了许多。

离银川六十公里的青铜峡古镇，让人惊艳的是黄河大峡谷岸边的一百零八塔。

此处有两绝。

一是一百零八塔的排列阵形。这片建于西夏时期的喇嘛式的实心佛塔群有让人不解的奇妙组合，自上而下，按1、3、3、5、5、7、9、11、13、15、17、19的奇数排列成十二行，总计一百零八座。一百零八的数字似乎好解释，佛教认为，人有一百零八种烦恼，为祛除众多烦恼，规定贯珠一百零八颗，念佛一百零八遍，晓钟一百零八声。但一百零八的布局却成谜，内里大有乾坤。这些塔的塔体形制，实际不一样，分四种类型：第一行一座，形制较大，塔基呈方形，塔身为覆钵式，面东开有龛门；第二至四行，为八角形鼓腹尖锥状；第五至六行，塔身呈葫芦状；第七至十二行，塔身为宝瓶状。这种布局的塔群建筑十分罕见，在我国现存塔群中仅此一例。佛学、古建筑学者对此多有研究，却未有定论。

二是它所处的位置。位于黄河西岸崖壁下，依山临水，景观极好。脚下是清清唐徕渠入口，没错，是清澈的，这黄河流域的古渠一带用山清水秀形容也不为过，恍若江南。青铜峡大坝是上过初中地理书的有名的黄河水利工程，但这建于唐武则天年间的一汪清渠，一千多年历史的唐徕渠更令人叹服。经各代整修，渠口开在青铜峡旁，经青铜峡、永宁、银川、贺兰等地向北流去，到平罗县终止，全长三百二十二公里，最宽处三十多米，最窄处五米，大小渠道五百多条，灌溉了银川平原九十万亩良田，真真是滋养了河套平原的广博土地，难怪人说"南有都江堰，北有唐徕渠"。祖先的智慧令人赞叹。

一路前行来到中卫。中卫古县城不大，鼓楼一线凝聚了精华。中卫高庙保安寺是一座三教合一的寺庙，主要建筑都在同一条中轴线上，层层相连，呈逐步增高之势。在高庙主体建筑的两侧，有钟楼、鼓楼、文楼、武楼、灵官殿、地藏殿等配殿，结构紧密，气势雄伟。据说修建高庙的匠人叫周兴礼，后来被请去修建平罗玉皇阁及灵武高庙，但是这位匠人家乡情结很重，所以别处的作品总比中卫高庙稍逊一筹。九寺十八庙中卫人信佛好道颇有名气，实则有着历史渊源。自明代以来，中卫古城就有"九寺十八庙、两庵加一祠"之说，其寺院的建筑风格及装饰艺术，可以说是宁夏古建传统文化的历史博物馆。可惜我们去到之时，高庙保安寺在维修保养，只有从围闭的栏杆一角隐隐看到次第而上飞檐走壁的建筑，是这一行最大的遗憾。

且不论当年蒙古人对西夏古都的屠城与破坏，后来发生在乾隆年间（1739年）的那场银川—平罗八级大地震，银川古城尽毁；中卫古城也在清道光年间遭遇过大火……历史更迭，岁月变迁，沧海桑田，不管怎样，仍保有历史赋予的应该有的模样，曾经的辉煌也好，昔日的颓败也罢，留存与延续是永恒的命题。让我想起在欧洲古老城市的街头，随意一处建筑就是百年历史，与当下和谐共处，静静地诉说岁月的荣耀。我们煌煌几千年的文明，又都留下了什么？我们不需要那么多一模一样的山寨建筑，没有创意亦缺乏生气，更谈不上灵气；也不需要什么宏大的空间叙事，单单是祖辈留给我们的已足够让人怦然心动。也许，只有那些承载了记忆、生活的沉淀，才能真正唤醒我们心里最重要的那个部分。

秦腔、贾平凹及刘高兴

　　二十三年前去过西安，太年轻，只记得华山的险、兵马俑的壮与博物馆的多。这次行程匆忙，单看银杏、秦腔与贾平凹，顺便知道了刘高兴。

　　我所习惯的岭南永远青葱，没有充满层次感的分明四季，也就缺少了春华秋实的期待与想象，因此深秋的西北古城令我向往。据说终南山下有棵千年银杏，在阳光下散发出金子般的光芒。时间仓促不容去追寻，就近去了小雁塔。小雁塔，荐福寺下银杏树，风过，落英，是这个秋季最美的一抹亮色吧。

　　兴冲冲找到西一路的易俗社，想看一出最原汁原味的秦腔，古色古香的剧社门口冷冷清清，看门人说剧团刚好下乡演出去了，大失所望。天也黑了，肚子也饿了，华灯初上，不远处是金碧辉煌的鼓楼，索性去回民街觅食吧，精神不足口腹补。果然，一碗热腾腾的羊肉泡馍下肚，再来一串烤羊肉，啃上一个羊蹄子……那个心满意足，秦腔不得的失落早已掉进爪哇国去了。

　　沿着人声鼎沸的回民街走，快到尽头时发现了不那么起眼的院子，显然与周遭嘈杂小吃街巷的画风不搭，门牌上书"北院门144

号"——这就是高家大院了。宅院源自明代，高中榜眼的高岳崧被崇祯皇帝赐了这个砖木结构四合院大宅，南北三个跨院，八十一间房屋，保存完整，俨然一座民间博物馆。明清两朝，高家本族七代为官，名门望族，果然大隐隐于市啊。这宅子里左侧院子竟有个自家戏台，而且，有秦腔戏班子在演出！真是踏破铁鞋无觅处！惊喜常常就在不经意间。

　　当晚演的是华阴老腔，最民间本色的秦腔的一支，据说因为谭维维与华阴老腔合作混搭的一首歌曲上了春晚，古老民间艺术重新引起人们关注。华阴老腔已近失传，入非物质文化遗产名录，如果不是媒体或流行乐的加入，恐怕这土得掉渣的民间艺术终会消失。表演者是一班老者组成的草根班子，朴实无华。老腔高亢、刚直、质朴，有关西大汉咏唱大江东去的悲凉，特别是落音是渭水船工号子的曲调，"一人唱，众人帮合"的拖腔，民间俗称"拉波"，有味道，慷慨悲歌很有点儿"黄土地上的摇滚"的气势，自制的月琴、二胡，甚至一条用来打击的板凳来应和，你却觉着格局并不小，原生态、乡土、豪迈，令人动容。

　　我对秦腔的认知、想象与好奇，多数源自贾平凹那本获得茅盾文学奖的同名小说，那些清风街上的人与事……贾平凹是秦地响当当的名片，本土写作、乡土文学、深植故乡，很多人对渭南、对商洛乃至对陕西的认识都来自他的作品吧。

　　坐落在西安建筑科技大学内的贾平凹文学艺术馆是建大教授、著名设计师刘克成的作品，在将被拆迁的两层平凡旧楼之上设计与重塑的文化空间。"外表木讷，内心空灵"，既是这座建筑的设计理念，更是自称为农民深深扎根于陕西这片土地的作家本人的真实写照，厚重朴实中充满灵气与张力，惊艳！文学馆内呈现了贾平凹的曲折与不凡，争议与盛誉，丰富而多产，充满生命力，感叹！

无论建筑还是人生，特色个性鲜明，建筑与人文结合得绝妙。

刘高兴是贾平凹小说《高兴》中的原型，生活中的真人。他是贾平凹的发小，虽与贾平凹小学中学同学，人生际遇却大不同，在农村干过各种苦力活儿，当过厨师，在西安蹬三轮车走街串户捡破烂，拉送蜂窝煤十数年……不过刘高兴一直都很高兴，活得自在，正如我短短几天在西安遇到的各式各样的普通人，质朴、简单、幽默，自有他们的生活智慧。当然，刘高兴也沾了大作家的光，因为同名电影而出名，现如今棣花镇因为贾平凹的缘故俨然成了旅游景点，刘高兴写了本《我与平凹》的小书，摆在自家院子门口售卖，据说销量还不错。

勤劳、正直、质朴的刘高兴是贾平凹心里看重的人，在小说《高兴》的末尾，有两句简单但动人的话："刘高兴，我知道你了……你是泥塘里长出的一枝莲。""是的，在肮脏的地方干净地活着，这就是刘高兴。"也许，这既是贾平凹对刘高兴最好的评价，更是对八百里秦川上生活的人们的最高礼赞吧。

一所美院一座城

深入一地，了解一座城可以有很多方式。浮光掠影观赏沿途风光，看看名胜古迹，吃吃特色美食，最著名的地标前留个影，当然不失为最主流也最保险的方法，至少差不到哪儿去，日后多多少少总能说上几句，增加谈资。然，一座城是有灵魂的。真正体味，常常需要住上一段日子。漫无目的穿街走巷，到菜市场转转，观百姓生活，看市井百态，也许会有惊喜，得到不一样的感受。实际上真正的精神在日常。但并不是每一次的旅行都时间充裕，我们多数时候都是匆匆的过客。匆忙倒是也有匆忙的法子，如果是一座有积淀值得细细品味的城，如果恰巧她有一所美术学院，那么，在有限的时间里，去看看吧，这也许是打开这座城的另一种方式，不那么主流，却常常有效。

位于江城武昌的湖北美术学院，旧校门很大气，校园里多梧桐，老建筑斑驳着，不精致但有味。武汉雄踞长江枢纽，是很有些气势的城，她的自然禀赋实际上是非常好的，长江浩瀚，东湖秀美，但天生丽质却有些疏于打理，给人感觉好像对自己的美貌满不在乎，有点儿漫不经心，总保持着原生态的粗糙，但又毕竟是积淀深厚的荆楚之地，粗中也是有细的，细节处还是能觉出古朴雅致的。武汉文化东西结合、南北杂糅，人文历史的好底子遮不了也挡不住，但又带着浓浓的一股子江湖码头气质。

武汉城九省通衢的南北交融、粗放气质在湖北美院表现得淋漓尽致。

中国美术学院南山校区在美丽的西子湖畔，象山校区也是山清水秀，一派江南景象。江南文化和美学基调得天独厚：精致、典雅、清丽、华贵、唯美……杭州的秀美、精致儒雅、阴柔的人文气息不经意地映射在中国美术学院的每一处建筑中。相对北方文化来说，江南文化具有一种精细坚韧和柔美飘逸的诗性品格。在中国文化、文学、艺术的审美视域里，关于江南文化的认知、感悟和想象，总是能够轻易地拨动人们最柔情的心弦——"江南忆，最忆是杭州，山寺月中寻桂子，郡亭枕上看潮头，何日更重游？"又恰是"春风又绿江南岸"，自古繁华的钱塘岸，浓妆淡抹总相宜的西子湖，精美绝伦、精致典雅的园林别苑，小桥流水的运河人家，正所谓"东南形胜，三吴都会，钱塘自古繁华。烟柳画桥，风帘翠幕，参差十万人家"。无一不烙上精致、优雅、柔美的色调和人文情怀，意境深幽，柔情似水，唯美而诗情画意。当年蔡元培选址杭城西子湖畔，创办了中国第一所综合性的国立高等艺术学府——"国立艺术院"，这是它的前身，它也是联合国教科文组织唯一承认学历的中国美术类大学，更是江南自然与人文景观乃至艺术气质诗意融合的标本。

四川美院不大的校园里处处流露出重庆城处于西南一隅的安静与平实。巴蜀之地有着独特的天人合一的自然之气，万物有灵的意象之美。巴蜀文化绵长久远、神秘而灿烂，可坐享天成，亦可以行卒而生；可无为逍遥，更因刀剑而存。比起精致的江南，是完全不同的另一种气场。

广州美院的现代与传统和谐并存，岭南文化兼收并蓄，低调却前卫。"折衷中西，融汇古今"，这也正是岭南画派所弘扬的艺术主张，是岭南文化的精髓。一直觉得很有意思，在表达这件事情上，粤人确实不大擅长，这个商业务实之地，人们不大追求形而上，也没什么精英意识，即使是文化人也不会端着（就连粤籍的知识分子看着都不像知识分子），但却产生了独树一帜的岭南画派，而且岭南艺术有着旺盛的生命力与土壤，包括民间艺术自有其高妙，充满魅力。相反，有时我觉得广州实际上是一座很有艺术气质的城，只是它不张扬，或者说它从不刻意表达。

当然，如果在路过的时候，又恰巧遇上美术学院一年一度的毕业展的话，那真是乐事。你会发现，一城一景，别样风景在此处。

毕竟艺术源自生活，是对生活内核的高度凝练与个性表达，不管有意还是无意，美术学院必然带着深深的地方特色与地域文化烙印，成为我们管窥一座城的另类文化通道。

草满花堤水满溪，春来也

阳春三月踏春忙，每到花开时节就禁不住想起武大的樱花，虽然它早已成为全国闻名的景点，但于我，还停留在另一种观感与回忆。很神奇，对于"春到人间草木知"的真切体认，我实际上是在武大完成的。

求学多年，延期毕业，于是武大的樱花就看了一年又一年。武大校园的春意萌动，从隆冬就开始啦。某个冬日天气晴好，拿衣服到外面的院子晒，院子外的那两棵树在上次下雪后叶子落得差不多了，只剩下不起眼的枝枝丫丫。晾着衣服却闻到一股花香，幽幽的清香，很好闻。这才发觉那枝丫上竟密密地结满小小的黄色花朵，香味就从这里来的。咦，冬天开的小黄花，什么花呀？李师傅说，这就是蜡梅花嘛。在岭南长大的我只在书中见过蜡梅花的描写，全凭想象，但绝没想到就是这个模样。这树长得像灌木，完全不是我臆想中蜡梅风雅的样子。从夏天到秋天再到冬天，每天都对着窗外的这棵树，它就是蜡梅花呀。

然后，漫长的冬天就过去了，先是开在路边一丛丛的黄色迎春花，留学生宿舍院子里的挺拔玉堂春，梅园的红梅，从第一波垂挂的早樱起，三月近了，"乱花渐欲迷人眼"的时光也就近了，师生们开始在讨论着今年樱花何时开。新闻学院就正对着樱花大道，每回去学院都张望下，终于有一天，那些花骨朵绽开了。樱花盛放时行政楼前的最美，粉色粉白色，附近还有株特别的绿樱。樱花绚烂但也易逝，花期就十天左右，若遇上下雨，一夜间就"梦里花落知多少"了，樱花落英亦是极美的，灿烂之极后终也是无常。武大校园里樱花品种很多，寒冬过后，梅花凋谢之时，早樱开放，继而小日樱花、垂枝樱花、晚樱，次第开放，晚樱、红缨从3月底开到4月中，一团团的也煞是好看。

俱往矣。

今年春天去华南农业大学看花，校园花事，多少让人联想当年，只是那热闹喧嚣，有过之而无不及。看的是紫荆、黄花风铃木、三角梅。周末的天气可用无敌来形容，碧空如洗，衬得黄花风铃木明艳悦目，紫荆花娇艳夺人，连寻常见的三角梅也惊艳。蓝天艳阳下再阴郁的心也会怒放了吧，春天真是调动人情绪的勃勃季节呢。记得我读中学那会儿，就在五山街上，离华农华工近在咫尺，当时却没有这样的景致，不得不感叹广州这些年的变化，花城美誉总算没被辜负，终于登上颜值高峰。若论宫粉羊蹄甲、异木棉，我教书的校园里也有，也很美，羊城何处不飞花啊，处处皆景，"最是一年春好处"，只要有心有情，终会"我见青山多妩媚"吧。

关于春天，中国人最极致的评价就是"烟花三月下扬州"的景致了，烟雨迷蒙，小桥流水，吴侬细语，水墨丹青，甚是向往，但要追寻，需要时间、天气的机缘。既处岭南，就地索景，于是找了一个好天气，一探"顺德周庄"的究竟。

地处顺德杏坛镇的逢简古村没有让人失望。马上想到秦观的那首《行香子·树绕村庄》简直就是说的它啊：

树绕村庄，水满陂塘。倚东风、豪兴徜徉。小园几许，收尽春光。有桃花红，李花白，菜花黄。

远远围墙，隐隐茅堂。飏青旗、流水桥旁。偶然乘兴、步过东冈。正莺儿啼，燕儿舞，蝶儿忙。

岭南多水乡，但如逢简这般四面环水、小桥流水人家绝好禀赋的并不多。作为顺德最古老的村落，逢简村始于西汉，唐代渐成，清朝鼎盛。一湾河水绕村逾十公里，水上古桥，水边人家，村前村内百年古榕，枝繁叶茂，祠堂、古屋、书院、私塾、牌楼、禅院一样不少。或许没有江南水乡的清丽逸美，但自有岭南水乡的质朴古风。泛舟荡桨，徐徐穿过宋明清三代各式古石桥，仿佛穿越千年。随便唤一声，便有岸边的店家奉上一碗双皮奶、姜撞奶，入口香浓惬意。

必须提上一笔的是村里的进士牌楼。古村史上出过十三名进士、六十多名举人，其中有冯氏一门八秀才、梁家三兄弟同是翰林的盛况。据逢简村《宋招讨梁公族谱》记载，逢简村人梁乔升，正德辛巳（1521）进士，官任北京户刑工部主事，因在京主办建修宫殿有功，皇帝恩赐回乡建恩荣牌楼，以彰其德。这进士牌楼建于明代嘉靖十一年（1532），可惜在20世纪60年代特殊时期被毁。近年重塑历史文化、还原历史原貌呼声渐隆，2015年按历史原貌复建，那精美木浮雕、灰雕、吉祥兽的装饰仍在，只可惜簇新地立在那儿总是扎眼，断掉的再修复，"箍煲"箍得再好，还是看得见裂痕啊，有些宝贵的东西失去了是不可逆转的。

想想这些年，不管遇到了什么，总还是保有着对春天的向往与热情，目光所及看遍了春花浪漫，踏遍了桃李芬芳，寻遍了乡野陌上，梨花、杏花、油菜花、禾雀花……城中、乡村、山上、海边……这也是值得欣慰的吧。也许在当年武大绚烂而短暂的樱花下已暗暗许了愿，今生不可辜负每一道好春光，毕竟，诗酒要趁年华啊。

黔西南之惑

漫长的夏天，闷热的日子好像无穷无尽，应约到西南小城参加个会，初衷只是为着逃离苦热。

兴义的位置很奇特，位于滇黔桂三省区的交界处，是三省区的商业集散地和通衢要塞。在此之前我从未听闻过这个城市的名字，出发前百度了下，才发现居然是贵州的四大主要中心城市之一，而且还是黔西南布依族苗族自治州的首府，气候宜人，与昆明的温度非常相似，常年平均温度大概在十三到十九摄氏度之间。坐的是久违的绿皮火车，火车到站时才凌晨五点，天漆黑，扑面而来的是久违的清凉空气。

入住当地最好的富康国际酒店，天色已渐明，三十层望出去，惊艳到，没有之前各种关于偏远七八线小城的想象，城市广场、高楼林立、现代商圈，反倒是超出预期。迎面山上赫然一行字"中国金州"，原来兴义亦称金州，这里原是盛产金矿的。

会开了两天，议题是符号与传播。其余时间到处转转，带着对这个号称拥有布依、苗、瑶、仡佬、回等数十个少数民族的西南之地满满的好奇，设想这该是个充满异域风情的所在吧？会有些什么神奇的文化符号呢？

民族图腾符号

　　慕名前往南龙布依族古寨。寨子规模不大，距兴义市区四十五公里，据说全寨共一百四十八户八百余人，村民全为布依族，至今仍保持男耕女织的生活习俗。当然像所有的村落一样，青年人都外出打工，空落落的村寨只见老人孩子。典型干栏式建筑群里，瓦屋、吊脚楼古式民居保存完好，随处可见原始的织布机、石碓、石磨，妇女自编自织、自染自缝的土布古色古香。南龙古寨有个神秘的传说：明朝末年，李自成领导的农民起义军攻入北京，明王朝土崩瓦解，明崇祯皇帝朱由检在景山上吊身亡，他的一位小弟弟朱由榔由死党护卫逃出京城，历经千难万险从广西逃至南龙，驻扎在此以图东山再起。至今南龙古寨附近还留有巍峨的点将台、宽阔的练兵场等古迹。想想当年，一行人，末世皇族落魄至此，竟然逃到这样的深山野林里，真是令人唏嘘。我们遍寻大半个寨子，希望找到些布依族宗教信仰、民族图腾的痕迹，却无果，有些令人失望。当然，古寨几乎没有任何的商业化，完全的原生态，不收门票，没有开发，人迹稀少，比起那些开发过度，商业非常繁华，早已没有原生态风貌的熙熙攘攘热闹的人造寨子，倒也显得多了几分质朴。

名人名居符号

泥凼（读dang）是国民党著名将领何应钦的故乡，大概距离兴义市有四十多公里。这"凼"字有趣，在广州话里有"凼（读ten）女仔"之说，"哄"的意思，而泥凼应是坑、沟的意思。泥凼石林，是世界罕有的石灰岩巨型屏障，大概有八公里长，石峰、石柱、石牙、石笋，星罗棋布，独立成趣，或互衬为景。但感觉规模比起云南的石林来说要小得多，然"山不在高，有仙则名"，泥凼这个位于峰林、石林之中的小集镇，更多因原国民政府仅次于蒋介石的第二号实权人物，时任国民政府军政部长、原陆军上将何应钦而驰名。

院子入门楹联书"乾坤一夕雨，草木万方春"。四合院宅子不大，对称，左右东西厢房，两层小楼，檐下垂瓜柱，如红灯高悬，自成一格。院中天井用石板镶嵌，院内石雕木刻图案多达百余幅，其中尤以刻在窗下石裙板上的"鱼跃鸢飞"四字最为引人注目，行书阴镂，每字约六十厘米见方，书法游刃如龙、俊迈洒脱，深浅得宜、洗练细致。院门前临桂北丘陵，千山万壑，感觉视野开阔，是个风水宝地。何父早期务农后经商，积得殷实家底。何家重视教育，人口多，有十一个孩子。何应钦幼年时，其父就在家聘师设馆教其识字读书，并始终管束严格，可见家教、家境对人成长确实重要，何应钦能从偏僻贫瘠的西南一隅走出来不是偶然。

院子里一棵大石榴树上盛开着明艳的花朵，后人在边上立了个石碑，是照着当年日本投降时的纪念邮戳刻的（1945年何应钦代表中国政府参加了接受日本受降仪式）。故居这一处人文景观，反倒是来兴义第一天所看到的景观里头最令人惊喜的一处。

景观符号

兴义有着非常独特的旅游资源，以典型的喀斯特地貌山地资源为主，满眼都是山，周边近年来修建的道路均是开山炸出来的。此地山通常有三种：红土山，风化岩，喀斯特石灰岩的石山。其中万峰林最为著名，是国家级4A景区，堪称中国锥状喀斯特博物馆。

纳灰河畔万峰林下，布依族的村落是一道原汁原味多姿多彩的迷人风景线，确实令人惊艳。万峰林群山围绕着一片广饶的平原，从山上远远地俯瞰下去，下面的田野村庄青葱优美，尤其是灰白色的布依族村落，建筑像小木块一样齐整，纳灰河静静地穿过整个村落。不知是否有人统计过，真的有上万座的山峰吗？一座接一座，连绵不断的喀斯特山峦，山下大片的稻田，其中有一块是八卦形的，竟然不是人工，而是天然形成的，非常神奇。早在三百八十多年前，著名地理学家、旅行家徐霞客就来过万峰林，曾留下"天下山峰何其多，唯有此处峰成林"的诗句，像展开的画卷。可以想见，春天鲜花盛开时山谷的多彩，秋天收获时的满目金黄；晴天观峰，可看"日出朝阳洒满谷"，雾中看山，则是"云霞明来或可睹"。四季俱美，四时皆景。

我们乘坐的车子沿着群山蜿蜒转入山下平原地带，去看山下的村落，却有些失望。大榕树下古村落，清静安逸，农家院子里栽种着鲜花，感觉云贵果然是一家，很有些云南古镇的风情，最遗憾的是没有看到真真正正的、最具民族风情的布依族"八音"（所谓"八音"，通常有笛子、箫筒、牛骨或马骨胡、葫芦琴、月琴、包包锣、小马锣、钗等乐器），坐唱原声表演。感觉布依族已经汉化得非常严重，几乎找不到民族的相关痕迹，传说中善歌舞的布依族呢？是我们没有真正深入其中吗？难道不该是随处可见的吗？原本对布依族世代相传的民间说唱艺术——"八音"充满了好奇，据说布依八音旋律古朴、流畅、优美、悦耳，常活动于民族节日、婚丧嫁娶、建房、祝寿等场合，是布依族人民喜爱的曲种，几百年来，在兴义南盘江镇的村村寨寨传承着，深受当地各族人民群众喜爱。遗憾除了在宣传册子上看看，无处可觅。万峰林美则美矣，还是欠缺了些什么，自然与人文需要相呼应。

万峰林东北部的马岭河峡谷，是一条在造山运动中剖削深切的大裂水地缝，两岸众多支流因下切速度滞后于主流，形成了上百条高逾百米的瀑布坠入深谷之中。峡谷平均宽度和深度都在二百至四百米之间，最窄处仅五十米，最深处达五百米。喀斯特区的河水含碳酸钙很重，在跌落过程中迅速释放出二氧化碳，将碳酸钙附在崖壁上，随着时间的推移，碳酸钙物质越贴越厚，面积越来越大，遂在峡谷两壁孕育出规模宏大、气势磅礴的钙化瀑布群，仅天星画廊景区的嶂谷绝壁上，就悬挂着面积达三十余万平方米的钙化瀑，与气势磅礴的瀑布峰林相交织，构成极为珍奇的稀世景观。谷内百里画廊，密集瀑布群，古桥古寨古驿道，"云奇石更奇，奇绝画难比。写奇唯有诗，诗在空山里"。我们游览时，恰逢大雨，水流湍急，雨雾弥漫，自有一番韵致。这道被称为"地球上一道美丽的伤疤"的奇观的确是兴义最宝贵的自然财富。

但我发现入画的通常是万峰林的光影与良田，马岭河峡谷的景观几乎在市区里没有看到任何哪怕是宣传也好的标识。而且以我游山玩水多年的经验，兴义是罕见的竟然没有纪念品商店的旅游城市，包括所到景点，不见任何代表性景观纪念品、明信片或特产售卖，这在今日的中国，真是少有。好还是不好？没有商业头脑、商业意识，没有过度开发，还纯净，是好事；但适度地挖掘文化资源、凸显文化标识、合理的符号生产可能更有利于文化的传播。在符号泛滥与意义滥用的当下，兴义好像成了另一个极端。

城市符号

几天间，游走在兴义的新区与老街，关于城市符号的问题愈发令人困扰。按理说一个还没被完全开发、开放时间有限的西南少数民族聚集区，应该有自己鲜明的本土民族特征，有自己独特的文化景观符号吧，比如特有的建筑、服饰、语言、饮食……然而，好像一样也不鲜明。也去尝试了当地的剪粉、鸡肉汤圆等名小吃，乏善可陈。新区里现代的甚至是国际范的建筑很大气，繁华开阔的商业空间不输大城市，西餐星巴克甚至茶餐厅一应俱全，是的，一切都很好，但，又似乎不该是这样。文化同质实际上是件非常可怕的事情，我们自己在哪儿？城镇化、全球化的浪潮汹涌而至，势不可挡，如何融入？如何在发展的同时保留最宝贵的东西？

人类就是符号的动物，符号承载信息，符号蕴含文化，符号亦是媒介，地方文化、民族文化的传承与传播怎么可以离开符号？发展与传承真的就是二元对立的矛盾吗？如此丰富的文化资源就以这样的方式被同质化吗？想想这些年走过的地方，在我们这个国度，不是个案，只是此处的反差更加强烈，这是个问题，还真是个问题！

二分无赖是扬州

扬州城果然无赖，自古的"温柔富贵乡，风雅烟花地"曾迷倒无数文人雅士、王侯将相，我这抱着顺路看看心态的过客，也不能幸免，身不由己便成了她的迷妹。唐诗人徐凝一句"天下三分明月夜，二分无赖是扬州"，写得真是别致传神，但，无赖的又何止月色？占了天下二分的恐怕还有秀、雅、柔、风情、精致、繁华市井……一言难以道尽。

二分无赖在茶馆

发现一座城的方式有很多，我却一直坚信，饮食是最好的入口，看似细微却最直接，真实真切，无法粉饰，骗不得人。美食通常是开启一段未知的密码，城与人的许多特质都能从中发现线索，所以我们从吃开始。

咱也算是在粤地的汤汤水水中泡大的人，但对扬州淮扬菜的高妙仍是叹服的，几天时间满打满算也只是吃个皮毛，但足以惊艳。

淮扬菜，始于春秋，兴于隋唐，盛于明清。朱自清曾以"滋润，利落，决不腻嘴滑舌。不但味道鲜美，颜色也清丽悦目"来概括扬州菜，所言非虚，我看它清、雅、鲜，自成一格，当得起"东南第一佳味，天下之至美"的美誉。

饮食方式就是生活态度。扬州人"皮包水、水包皮"（白天品茶，晚上泡脚）的日子过得那叫一个闲适。有人说扬州人过小日子，不思进取，我倒觉着，这进取是用在享受生活上罢了。还有什么比扬州人能更好诠释"食不厌精、脍不厌细"的追求？

托钟建生教授夫妇（先生的大学同学，地地道道可爱的扬州人）的福，在专业指引与款待下，我们没按图索骥去网上攻略推荐的富春茶室觅食，而是吃的锦春大酒楼，果然不俗。

清炖狮子头汤汁清美，不能以箸夹之，须用勺，一点点轻触，颤巍巍，硕大肉圆历经水火，早已经体贴入微，吃到嘴里，感觉到它的熟、它的烂，缠绵于舌尖，却又倏忽而逝.。

那一碗令人叹为观止的文思豆腐羹，刀功登峰造极。看到碗中细若发丝的嫩豆腐丝，艺术品一般，简直不忍下箸。据说，文思豆腐的刀功关键在运气，气息带动身体，以保证人刀合一，练就绝非一朝一夕。

一块细嫩、柔软、微微颤抖的豆腐，借着一把刀，在温热的掌心中幻化成青丝万缕，配以高汤和同样细如发丝的金针、木耳、冬菇、竹笋，滋味浓郁而不油腻，清鲜而不淡薄，"堪称天下之雅"不为过。

扬州包子则将扬州人追求食物本味的执着精神发挥得淋漓尽致，以三丁包子为代表。三丁即是鸡丁、肉丁和笋丁，还有在此基础上加上海参丁、虾仁发展起来的"五丁包子"，鲜美不腻。

"苔痕上阶绿，草色入帘青"用来形容翡翠烧卖再合适不过。用精白面粉配上鲜美清香的菠菜或荠菜，看上去雅致，还极具营养价值。连食物都文气，这就是扬州的风格。

阳春面的高妙在于"重油宽汤重香头"。看似简单的一碗素汤面，几点葱花，但实则不简单。形似清醇却味道浓郁的汤头是用猪油、湖虾籽、酱油熬制而成，出锅撒上胡椒粉，貌似清汤寡面，内里用足功夫，可不是得叫阳春面？扬州人又何尝不是如此呢？不动声色里自有他的筋道。

看肉煞是好看，"不腻微醺香味溢，嫣红嫩冻水晶肴"。以猪蹄为原料，肉质酥烂却又因冷冻凝结而Q弹，透明的卤冻就像水晶，所以也被称为"水晶肴蹄"。满满的胶原蛋白啊。

几天穿街走巷遇到的各色扬州点心和小吃，亦是让人流连忘返，但印象最深刻的是东关街上的宝兴长鱼面。

长鱼（鳝鱼）经开水烫过后，划肉剔骨，骨头不浪费，用沸油炸，冷却后放入菜油熬汤，白水下面，起锅后放入装有鱼汤的碗中，而长鱼则用小碗另外盛装，鱼肉与面分开端上。先吃面，再放进满碗的长鱼肉拌着均匀了吃。那浓白的长鱼汤抿上一口，感觉身体每一个细胞都渗入了一个"鲜"字。

朱自清在扬州生活了十四年，在安乐巷的一个院落里度过了童年、少年时光。可惜时间所限，没能去他的故居看看。

朱自清的很多作品如《我是扬州人》中对扬州不吝溢美之词。在作家的印象里，"扬州最著名的是茶馆"，而茶馆多集中在北门外一带，位于一面临河的下街。当时这里的茶馆大多有好听的名字：香影廊，绿杨村，红叶山庄。所有的茶馆生意都极好，不管什么时候去，座位都是满满的。客人们喝茶或饮酒，就着五香牛肉、烫干丝、小笼包子、菜包子、菜烧卖，或大快朵颐，或慢慢细品。坐在岸上的茶客们随意地和河面上穿行而过的船客聊着天，惬意无比。临走时，客人们将所用茶壶、酒壶，连同装点心的盘碟、小笼一道拿给茶房算账，价款一清。

直至几十年后，朱自清忆起扬州的茶馆，还会说："扬州的小笼点心实在不错：我离开扬州，也走过七八处大大小小的地方，还没有吃过那样好的点心，这其实是值得惦记的。……这一带的茶馆布置都利落有致，迥非上海，北平方方正正的茶楼可比。"评价中透着作者对扬州茶馆生活的深深眷恋。

但身为"扬州人"的朱自清实际上亦有其硬朗的一面，少时朱自清曾陪同父亲养病，住在史公祠内一年多，深受史可法精神的影响。后来，在北平生活的朱自清宁死不食美国面粉，身体瘦到不足四十公斤，最终在饥寒交迫中去世。这种骨气也折射出扬州生活对朱自清的影响，令人不禁唏嘘。

二分无赖在风雅

扬州是中国古城的一个另类，无关风云变幻，只见风月无边。这里你听不到厚重的王侯兵家故事，只有才子佳人传说，阴柔，平和，细腻。一个转身，你就可能遇到唐诗中咏叹的名桥；一个抬头，明清的盐商宅第赫然在目；坐下来，一壶老酒，半盘干丝，论书画，谈风月，追忆《广陵散》的风流——扬州的深处，有着浓浓的骨子里的风雅。

伴着瘦西湖的迤逦，从唐代"明月夜"，秦观长短句，到明清石涛，循着八大山人、"扬州八怪"的墨宝书画，一个古代商道、诗书风雅和淮扬文化交融的扬州形象才能渐次清晰起来。她是风华绝代、知书达理、精明持家的大家闺秀，也是小家碧玉、紧锁深闺、思春恋俗的江南美人儿。只需惊鸿一瞥，你就被她融化了！

在瘦西湖畔的邮局坐下，认真给燕子写了张明信片，窗子望出去是湖光旖旎杨柳依依，感觉这明信片发的真是一个诗情画意啊。

遥想当年，晚唐风流才子杜牧，离开失意官场，带着酒色才气，伴着二十四桥的明月夜，把梦锁进青楼女子的妆匣，看"青山隐隐水迢迢"，赏"豆蔻梢头二月初"，在黄昏夕阳的闲适中，沉醉在扬州的温柔乡，留下一曲曲春梦。他诗中的扬州，有"春风十里扬州路，卷上珠帘总不如"的绮丽多情，有"二十四桥明月夜，玉人何处教吹箫"的惆怅伤惋，但若没有这妩媚入骨的秀美风光，又怎会有"十年一觉扬州梦，赢得青楼薄幸名"的风流故事？

而"扬州八怪"的才情，更是扬州城的风雅传奇。世人之所以称其为"八怪"，皆因这八人是一个敢于创新的特立独行的艺术家群体，他们离经叛道，艺术创作不循规蹈矩，敢于打破传统绘画规则，加上他们大都个性很强，有风骨，虽生活清苦，却孤傲清高，蔑视权贵，行为狂放，借书画抒发对权贵的愤懑，故称之为"扬州八怪"，更成为中国美术史上一个极其重要的画派。

其中郑板桥的名气最大，他的诗、书、画世称"三绝"，擅画兰竹，他也成为清代画风独特的代表性文人画家，成为扬州文人的符号。

李白、白居易、刘禹锡、杜牧、欧阳修、苏东坡、姜夔、"扬州八怪"……一代代的文人雅士，都曾被扬州的景色所吸引，或驻足或歌咏。他们的才情，随着街巷的闲谈传为民间的故事，那"难得糊涂"的情怀，随着宣纸挥毫的自如，在一缕清新的墨香中，以特立高标的品行，将扬州的风雅传颂至今。

其中，我最爱的欧阳修，那个自称"吾家藏书一万卷，集录三代以来金石遗文一千卷，有琴一张，有棋一局，而常置酒一壶"的六一居士，在扬州任过知府，现今大明寺内平山堂便是他修建的一处文人雅士吟诗作画的幽静之所。

扬州，是一款柔柔吹来的唐风宋韵，是文人雅士诗词歌赋的袅袅余音，是历史深处五彩斑斓的江南记忆，隋堤、绿柳、迷楼、斜路，是一个永远说不尽的缠绵绮丽的梦。

二分无赖在古巷

如同胡同是北京的年轮，记载着世事变迁，弄堂是上海的经络，流淌着城市记忆一样，巷子是最扬州的城市结构。扬州"巷连巷，巷通巷，大巷里面套小巷"。东西南北，横竖曲折，在扬州十几平方公里的老城区里就有五百多条巷子。而巷子的大小是不能用长短，而是要用深浅来衡量的。于是也便有了"酒香不怕巷子深"的说法。

在繁花似锦的扬州历史上，巷子的深浅也是门户高低的象征，幽幽的巷子尽头必隐藏着庭院深深的富商名贾之家。

明清时期，扬州盐业繁荣，东关街和周围的几条巷子里，不仅盐商宅第云集，连明清两代负责盐货交易监管的盐政院和主管交易市场秩序的盐运司也设在这里。

如今面阔三间、青色筒瓦、深色门楼的运司衙门旧址犹存，古旧的建筑在今天已显破败之态，成了旅游景点。但在清代，清政府的财政收入有一半来自盐的税收，而扬州盐税达到了全国盐税的一半以上。按照当时中国经济总量占全球的32%计算，当时全世界经济总量的8%都出自扬州，出自运司衙门所在的这条巷子！

据记载，当时的运司衙门所在街巷的南北各有一座牌坊，分别写着"民生永赖"和"国计攸关"。一条巷子牵动世界经济的命脉，这等风流也是前无古人，后无来者了。

二分无赖在何园

今日的扬州城内，或许文人的踪迹大多已被岁月悄然抹去，但有一个地方，一直完整地珍藏着这个城市的传奇故事和文化骄傲。

故事里，有翰林公子何声灏发奋读书成就"祖孙翰林"传奇的读书声；有一代名士何仲吕继承父亲遗志兴教办学，扶持两个儿子——美国密歇根大学的两位洋博士兄弟在上海创办持志大学的历史；有何声润捐助"鸿船"救生义渡的善举；还有国画大师黄宾虹与这里结下的长达六十年的书画情缘；更有王承书、何祚庥这一对表姐弟成就一门两位中科院院士的佳话……

珍藏这些传奇故事的地方便是何园。

与扬州多数私人园林的主人一样，何园的建造者何芷舠也因经营盐业而发家。他少年得志，官运亨通，暗地里却捎带着经营盐业，拥有巨额财富。何芷舠四十九岁那年，从湖北汉黄德道台任上辞官归隐扬州，投入巨资良材，建造了这座私家园林，取名为寄啸山庄，取自陶渊明《归去来辞》中的句子："依南窗以寄敖，登东皋以舒啸。"表达寄情山水田园，不与黑暗官场同流合污的志节情怀。

和其他地方的官员、富商多沉湎于酒色不同，古时扬州的盐商们从来都有崇尚艺术，尊重文人的传统。某种程度上说，盐商一直是扬州文艺发展的赞助商。何园的主人继承了扬州富商的传统，花大力气，不惜财力地搜罗天下风雅佳作。

在何园，不但保留有国内最完整的苏东坡手书《海市帖》刻石，更有一代画坛宗师石涛唯一存世的叠石作品——片石山房。

石涛一生钟情山水，师法自然，从事作画写生，一生遍访名山大川，"搜尽奇峰打草稿"，领悟了大自然的一切生动之态，并创了中国画坛绘事的风尚。但不为人知的是，石涛不仅是中国画坛的一代宗师，还是一位叠石造园的高手。他在四十一岁结束云游生涯，侨居扬州，穷尽多年心力创作了叠石杰作——片石山房。百年过去，何园建成时，主人特意花重金买下片石山房，使之成为何园景观的一部分得以保留。由于片石山房是石涛大师留在人间的唯一叠石作品，所以历来被称作孤本，为人称道。

何园园林最出彩的当属长达一千五百米的复道回廊，是中国园林中少有的景观。左右分流、高低勾搭、衔山环水、登堂入室，回廊上全方位立体景观和全天候游览空间，移步换景，充满回环变化之美和四通八达之妙。

何园建成十八年后，已经七十多岁高龄的何芷舠又做出了一个和当初辞官归隐同样惊人的决断：抛弃何园，起锚扬帆，载着全家驰向十里洋场的上海去弄潮。从此，何园的故事走到了终点。

建筑是城市的守望者，注视着众生的变迁，保守了城市最隐私的秘密；生活在这个城市里的人物更是浓缩了最生动的城市精神。

回望

或许我们可以这样描述扬州：她是从未定都的"边野"之城；她是京杭运河的重要节点；她是漕运盐政的战略要地；她是商帮经营的商业中心；她是风雅淮扬的烟花之处；她是琴棋诗书的雅致之地；她是才子佳人的风月之所……她孕育了盐商、漕运商道，也孕育了"八怪"的风雅传奇；她是李白"烟花三月"向往的城市，也拥有杜牧诗中"二十四桥，明月当空"的良辰美景……

好一个"二分无赖是扬州"，当你把她当作一个商业重镇，她会妩媚地向你展示她风雅入骨的文化底蕴；当你把她当作一个诗书胜地，她又会带点狡黠地表达在商言商的商业精明和曾富甲天下的气度魄力。走入扬州，真是会有太多的意外。

从布拉格到布达佩斯，需要一条对的连衣裙

　　旅行，是很奇妙的。我们为什么要远行？渴望那些遥远的日常不可及的异质的他乡，像磁石一样吸引着我们探索的，除了发现不一样的风景，充满新奇之外，总觉得还应该有更重要的事情。在很多年后的今天，在走过了很多路之后，好像悟出了一点什么，至少，是因为我们渴望在一个完全陌生环境中的自我释放，建构一个新的自我，或许很短暂，但很有趣、很治愈。在那些非常不熟悉的场景下，我们成为一个他者。所以，旅行的真谛是融入。服装使我们更好地融入，需要学着使用这个看似无关紧要实则非常关键的道具。它并非只是为了照相好看这么简单肤浅。

　　你在那道风景里，不是一个闯入的游客，充满从头到脚的违和感，而应该成为那道风景的一部分。当某日，行走在东京的街头、漫步于尼斯老城的巷陌时，有人叽里咕噜向你问路，好吧，恭喜啦，虽有些尴尬，但从容闲适貌似熟门熟路，"live like a local"不是吗？循着这样的要求与思路，这些年的旅行真不把自己当游客，而且感觉很棒，服装功不可没，比如日本的小清新，比如法国的优

雅调，比如土耳其的民族风……那么，这次的中东欧旅行，我的调性又该是什么呢？

最初怀着对捷克这个国家的深深好奇，想来个一国深度游，最终发现国土紧密相连，交通便利的捷克、匈牙利、奥地利三国联游更合适。因为这一地区同在哈布斯堡王朝统治下几百年，历史渊源密切深远，历经战争的洗礼、宗教的变革、王朝的更迭，甚至自然风光都有共性。复习了一遍《茜茜公主》后，决定了，这次的目的地是捷克、匈牙利与奥地利。

做攻略时看了布拉格、布达佩斯、维也纳的许多美图，虽说所有事物眼见为实，但想象是重要的前戏。于是，我想象了布拉格街头中世纪古朴碎石路、布达佩斯链子桥的浪漫和维也纳美泉宫的欧式精美。什么可以相配？连衣裙吧，各式连衣裙。配上平底鞋，柔软的、芭蕾的平底鞋。事实证明，我好像对了。

布拉格与复古连衣裙

捷克与我想象的不一样。原以为捷克与匈牙利在东欧剧变前是社会主义国家，多少会留下些受苏联影响的痕迹，但所见似乎并非如此，除了偶见的"好兵帅克"餐厅让人唤起一些过往记忆，没有留下什么明显的蛛丝马迹。连绵的森林、绿色的田野，保存完好的哥特式、拜占庭式、巴洛克式建筑、遗迹、古迹，倒是时刻提醒着我们，这个国家古老欧洲的历史与过往。

与波兰华沙灭顶之灾的惨烈不同，捷克人没那么刚烈，懂得屈服隐忍，虽经历了二战，但布拉格是全欧洲唯一一个没有被炸毁的城市，完好地保留了各个历史时期、各种风格的建筑和古迹。从这个角度说，当年捷克早早投降德国，使这座美丽的城市得以幸存也是功德。一座城，像时光走廊一样，遍布着12世纪以来的建筑精华，有11至13世纪的罗马式，13至15世纪的哥特式，16世纪后的文艺复兴式，17至18世纪的巴洛克式、洛可可式，19世纪的新古典主义、新艺术运动风格，乃至当代的立体派和超现代主义……如今，它们和谐而幽静地矗立在伏尔塔瓦河畔，走在街头，仿佛时光倒流……不愧是"建筑博物馆"。1992年，布拉格作为一座城市以历史中心的名义整体列入联合国教科文组织的世界文化遗产名录，实至名归。

布拉格日常建筑色彩非常鲜明饱满，红瓦黄墙是典型标志，比起"千塔之城"的美誉，我倒觉得她"金色城市"的比喻更贴切，布拉格是暖色调的，自带滤镜。我们住的酒店是城中少有的高层建筑，位于老城的边缘，清晨的阳光洒落在刚刚苏醒的城市，从十六层的房间隔着玻璃俯瞰下去，是一幅暖暖的橘红色的金色画卷。

这样的城市不适合时髦的服饰，行走其间，需要一条复古的连衣裙。

布拉格是古老而浪漫的。她仿佛从中世纪走来，千年来的重要古迹均得以完好保存，使得她古老得原汁原味。连片的古城区基本是石头路，车不能进，需要用脚步丈量。各式各样的石块，鹅卵石、小方青石、碎石，我的软底鞋走上去略硌脚，但很轻巧，特别真切地与这土地亲密接触，我觉得鞋穿对了，想想这样的路如果是运动鞋该多煞风景。实际上古老街区在欧洲比比皆是，教堂城堡也令人审美疲劳，但布拉格的古老格外中世纪、格外厚重，不那么精巧反倒质朴，一如脚下石头路的清灰格调。

布拉格这座城市的主角是不得不提的查理四世（1316—1378）。作为这座城市的缔造者，查理四世在布拉格无处不在：以他名字命名的查理大桥、查理大学、查理的温泉小镇，圣维特大教堂下埋葬着他与他的四个妻子……查理四世是德意志国王，神圣罗马帝国皇帝，他统治时期波希米亚（捷克）成了神圣罗马帝国的核心，因此查理四世时代是中世纪捷克最强盛的时期。他决心把布拉格建成能与帝国首都的地位匹配的国际都会，他亲自参与布拉格的城市规划，修建塔楼、城墙，还在布拉格附近兴建了卡尔斯腾堡，修建伏尔塔瓦河上最著名的"查理桥"。他建立了布拉格大学，这是中欧的第一所大学。他鼓励生产和贸易，布拉格在查理四世的努力下成为欧洲最美丽富庶的城市之一。

美奂绝伦的圣维特大教堂修建工程前后足足持续了六百余年，因此一座教堂呈现出不同时期的建筑风格。教堂内藏有14世纪波希米亚王冠珠宝等珍宝，地宫是皇家陵墓。整体装饰华丽庄严，教堂的彩色玻璃花窗绚丽夺目，其中有捷克著名的画家和艺术家穆夏的作品，精美绝伦。每一块都有不同的故事，不同的主色彩。

抚摸着查理大桥栏杆上的三十座历经沧桑却始终保持着波澜不惊神态的巴洛克雕塑，聆听伏尔塔瓦河的滔滔水声，笑望情人拥吻的剪影，远眺洒满霞光的布拉格城堡，从火药库、天文钟到老城广场，处处散发着古老的浪漫的迷人气息。在布拉格老城广场的一角偶遇一场小小的爵士音乐会，街头艺术家的表演令人惊喜。

布拉格更是文艺的。捷克本土的艺术家们无一不带着特立独行的文艺气息，布拉格也一次次出现在小说中、艺术作品里。名人的不朽光环再造城市。艺术家们在注视着他们生活过热爱过的地方。文学家如作家弗兰兹·卡夫卡、米兰·昆德拉，诗人雅罗斯拉夫·塞弗尔特，散文之父哈谢克；音乐家如德沃夏克、斯美塔纳、雅纳切克……这些群星闪耀的艺术之光，足以燃亮布拉格的天空。站在伏尔塔瓦河畔，真应该听听那曲著名的交响诗《我的祖国》中的第二段，此时此刻，尤能感受斯美塔纳对捷克母亲河伏尔塔瓦河澎湃的热爱与激情。布拉格是众多悲欢离合故事的起点和终点，这里浓缩了太多的捷克艺术的精华和历史悲欢。非常可惜，没能去往离查理大桥不远的卡夫卡博物馆，也许为下次再来预留了一个充分的理由。

布拉格又是梦幻的。她是玩偶之城，据说全城的木偶数量比人还多。八点钟的布拉格夜色才降临，穿过灯光下闪亮的石子街道，途经著名的"人民会馆"，来到老城的一个小剧场，看一场捷克"黑光剧"。感觉无对白全靠音乐背景光线演员肢体的黑光剧，最好地诠释了这座玩偶之城的神秘与奇幻。

布拉格也是明媚的。离布拉格不远的卡罗维发利温泉小镇，又称查理的温泉小镇，位于西波希米亚地区，温泉不泡只喝。传说查理四世狩猎射鹿，小鹿跳入一池塘，受伤的鹿在水中泡过后竟然立即愈合并逃走。美丽山谷中的温泉从此得名。温泉长廊上的木雕版画上记录了这个故事。米兰·昆德拉在《生命中不能承受之轻》中写到这个小镇，后来改编的电影《布拉格之恋》男女主人公便相识在这个浪漫之地。

位于波希米亚南部腹地的克鲁姆洛夫（著名的CK小镇）是欧

洲最为诗情画意的城镇之一，被联合国教科文组织列入世界遗产名录。这座小镇像微缩版的布拉格，只需二十分钟就可以从一头走到另一头。虽然不大，但俯瞰伏尔塔瓦河的迷人城堡、古老的城市广场、教堂，文艺复兴和巴洛克风格的建筑一样不少，镇上有许多生气盎然的酒吧，河畔有许多适合野餐的场所，来一杯冰啤酒，坐看河中游人嬉戏，真是一个令人沉醉的夏日午后。

当我行走在布拉格鹅卵石铺陈的小巷，穿过著名的火药炮楼，钻进各色各样水晶、木偶小店，端详着门楣上千姿百态的浮雕，品读着沿途墙面上栩栩如生的中世纪壁画，回望一辆辆城市有轨电车，以及街道旁一盏盏古老的煤气灯时，不由得叹服，难怪尼采曾对她如此迷恋："当我想以一个词表达音乐时，我找到了维也纳；当我想以一个词表达神秘时，我只想到布拉格。"

布拉格的美丽迷人正是因为她的古老沧桑与梦幻神秘吧。蓝底白点的披肩、蝴蝶结领荷叶袖的暗红色碎花复古连衣裙、橙红绿花小立领怀旧棉布碎花短裙帮我完成了一段与文艺相遇的旅程。

布达佩斯与白色刺绣裙

布达佩斯是多瑙河畔一颗古老而又美丽的明珠，它享有"东欧巴黎""多瑙河玫瑰"的盛誉，在世界最美的城市中，布达佩斯榜上有名。它还是《纽约时报》2011年公布的全球四十一个不容错过的最佳旅游目的地之一。特别有意思的是，20世纪50年代，中国著名的电影表演艺术家陈强随中国青年艺术代表团到匈牙利首都布达佩斯访问演出，正逢大儿子出生，出于对布达佩斯的喜爱，随即取名为"陈布达"。又过了几年，二儿子出生就顺其自然叫了"陈佩斯"。一个城市的名字被分开给了两个儿子，是因为布达佩斯是由两个城市组成：一条自南向北的多瑙河，将布达佩斯隔成两边，多瑙河以西的山区是古老而传统的布达和老布达城，这两个区域占城市面积的三分之一，遍布古城堡教堂；多瑙河以东的平原上是充满巴洛克与古典主义建筑的商业区佩斯城，它占全市面积的三分之二。两岸于1873年合并为布达佩斯。当地人都把拥有城堡、皇宫的布达区比作"优雅王子"，而将原为平民商业区的佩斯区喻为"邻家女孩"。

布达佩斯街头建筑感觉比布拉格的中世纪风格更大气更明朗，精美典雅，又带点儿东方异域风情。我选择了一条真丝花裙与一条白色刺绣连衣裙。

河上九座各有渊源的桥连接两岸，自北向南分别是：新佩斯铁路桥、阿尔帕德桥、玛格丽特桥、链子桥、伊丽莎白桥、自由桥、裴多菲桥、拉吉马纽什桥、厄塞哥得铁路桥。其中伊丽莎白桥是纯白色的茜茜公主桥，南侧相邻的自由桥是绿色的约瑟夫[①]桥，以夫妻两人名字命名的桥隔空相望。按理说茜茜公主的主场应该是在维也纳，作为奥匈帝国的皇后，毕竟她是美泉宫的女主人，但布达佩斯何尝不也处处闪耀着她的倩影？据说全城光纪念她的雕塑就有一百多尊，可见匈牙利人民是有多热爱这位奥地利皇后，同时也是匈牙利王后的美丽女人。

---

① 　约瑟夫：奥匈帝国的皇帝弗朗茨·约瑟夫一世。

黄昏时分，坐多瑙河游船观两岸风光，近观河上诸桥，夕阳将所有的建筑染上一层金黄，国会大厦、伊丽莎白桥尤为耀目。这是一座沉静、忧郁的流金之城。

这次我们住的希尔顿酒店位置绝好，就位于布达城堡山的核心景区，旁边是马加什教堂，前方是渔人堡，因地势高，酒店可以俯瞰对面佩斯的美景、多瑙河的风光。夜晚与清晨，景区游人寥寥，感觉整个古城就是你的，这感觉太好。更有趣的是，酒店所在本身就是遗址古迹所在，现代的建筑就嵌在重新修复的多米尼加修道院（Dominican Cloister）内，非常巧妙地保留了废墟遗址。13世纪的中世纪断垣残壁保留镶嵌在现代酒店中，成为建筑的一部分，住在古老历史遗迹中，很奇妙。

因着酒店的地理优势，我们主要活动在多瑙河西岸的布达老城。在岩石陡峭的城堡山上，北面是1987年被联合国教科文组织列入世界遗产的马加什教堂和渔人堡，往南的桑多尔宫是匈牙利总统的驻地，再往南面就是布达城堡。今天的城堡里是国家图书馆、匈牙利国家画廊和市博物馆，城堡的南面竖立着自由碑。

白色的渔人堡给人非常纯净的感觉。最早这里曾是中世纪鱼市，渔民协会在此筑了一段围墙以防御外侵。为纪念当地渔民抵御外敌而壮烈牺牲的英雄业绩，1895至1902年间，在这段古围墙基础上建成了现在规模的城堡，所以说这座新罗马与新哥特式风格相结合的建筑实际上并不算古老。20世纪初建成的渔人堡是近代设计家弗里斯·舒勒克的杰作，建筑有分别代表七个部落的七个尖塔、曲折的回廊、古朴的拱门。在渔人堡中间的广场上伫立着匈牙利国家第一个缔造者圣·伊斯特万一世的骑马青铜雕像。

旁边的彩色马赛克屋顶的马加什教堂就历史悠久得多。公元1255至1269年由国王贝拉四世所建。马加什教堂原本是布达圣母教会，后因15世纪匈牙利国王马加什在此举行婚礼而改名。这里也是匈牙利国王加冕的地方。教堂从13世纪开始，经历改朝换代的时代变迁，使马加什教堂从最早的天主教堂，改为伊斯兰清真寺，之后又加入了巴洛克和新哥特建筑风格。与之前在布拉格所见的沉郁庄严的圣维特大教堂相比，马加什教堂的结构独特而别致，它抛弃了传统哥特式建筑的对称结构，独具匠心地将高高的钟楼修建在教堂的一角，这使得整座建筑少了其他教堂的沉重与拘谨，显得精巧轻盈得多，正如雨果所形容的，马加什教堂是一座"石头的交响曲"，尤其是它的拱顶由彩色玻璃镶嵌而成，拼成美丽的图案，在阳光下熠熠生辉。也许是因为它的轻快没有普通教堂的肃穆压抑，我非常喜欢这座建筑，绕着它转了一圈又一圈。

　　马加什教堂后侧便是圣三位一体广场，建有18世纪的黑死病纪念柱。柱子上方分别有圣父、耶稣和十字架，一旁还有匈牙利第一位天主教国王圣史蒂芬的骑马雕像。

　　在匈牙利的很多地方都能看到乌鸦的雕像，在马加什教堂顶上就有一只口衔铁环的乌鸦。传说，马加什国王在执政期间曾有人想用毒戒指暗算他，可这枚毒戒指被飞来的乌鸦叼走。从那以后，乌鸦在匈牙利就成了吉祥的象征。

　　据说匈牙利菜是为数不多的比较符合中国人口味的欧洲食物之一，我们在ANTIK餐厅吃了顿大餐，是李克强总理访东欧五国时用过餐的米其林推荐餐厅。牛肉汤，鹅肝，炖杂鱼，倒没特别让人惊艳，但著名的赫迪兰瓷器餐具，纯手绘，精美高贵，很是养眼。

匈牙利诗人裴多菲在一首诗中曾经这样写道:"我们那遥远的祖先,你们是怎么从亚洲走过漫长的道路,来到多瑙河边建立起国家的?"很多匈牙利学者都认为这个国家与匈奴后裔有着密切的关系。匈牙利人与欧洲人的长相有明显区别,传统习俗中保留了亚洲民族的某些特征,又受到欧洲民族的深刻影响,匈牙利有着自己独特珍贵的民族艺术色彩。在布达佩斯街头,美女特别多,可能与它的东方基因有关吧。

从古老文艺神秘的布拉格,到亮丽活泼生动多元的布达佩斯,民族性在两个城市身上投射出不同的风采,或许,白色的刺绣连衣裙更与轻盈的渔人堡相契合吧。

奥地利湖区小镇与波希米亚长裙

奥地利是非常美丽的国家。她的美在于精致,太过精致。维也纳与大多数欧洲城市类似,给我留下深刻印象的反是奥地利的乡村小镇,每一帧都是画,都是明信片。

哈尔施塔特是奥地利萨尔茨卡默古特地区的一个村庄,位于哈尔施塔特湖畔,富含盐矿,历史上这一地区就因盐而致富,被称作世界上最美的小镇、世界最古老的盐都。哈尔施塔特湖清澈透底,在高山峡谷之中,像一条宽阔的绿色绸带,一排排临湖而建的木屋,鲜花盛放,色彩斑斓。每家每户的屋形、色彩都不同,各有风格,每户人家还在临岸的水中建有木船屋,专门停靠自家小木船或游艇,作为交通工具。醉人的湖光山色处处入画,画中人实际上穿什么都好看，但一条波希米亚的长裙或许能为绚丽的色彩再添一笔浓重，很满意。

黄昏入住位于Wolfgang湖区^①的乡村hotel，村里转转，湖畔走走，湖边小舞台当地人正在演出奥地利传统舞蹈，欢快的音乐与舞步，感觉自己在画中。萨尔兹堡是莫扎特的故乡，《音乐之声》的故事就发生在这里，是古典音乐的天堂，本以为因举办音乐节没住成老城很遗憾，不承想乡下更奥地利。去过这么多地方，极少当时就冒出一个念头：生活在这个国家真令人羡慕啊。

奥地利还有一站很惊喜，就是入住的百水山庄温泉酒店。百水山庄温泉酒店是奥地利当代最负盛名的艺术家百水先生设计的，整个酒店像儿童积木，没有一扇房间的窗户是一样的，几乎没有直线，包括地板，大胆用色与拼接，充满想象力与活力。这离经叛道的风格，难怪被称为奥地利的高迪。泡完温泉回房偶遇一场露天草坪婚礼，完美。童话般的积木里，一条闲适宽松的白底黑花衬衣裙也许最能表达此时的心情吧。

三个国家的游历实际并未尽兴，浮光掠影，始终没有时间更深入其中了解，比如城市中各种有趣的人。除了好看的风景，齐美尔所说的"陌生人的相遇"应该是旅行中很重要的一部分吧，现象学关注的"见证他者"，对互不相识的他者的注视，关注在不同场景中的陌生人在场是旅行的另一要义吧。但不管怎么说，一条对的连衣裙，至少没有让我成为"陌生人"。

---

① Wolfgang湖：以莫扎特名字命名的美丽湖泊。

夜访弘健

谷雨后的南粤，在记忆中从未像今年这样绵绵多雨，5月还透着阵阵凉意。应邀一行人冒雨赶往肇庆参加书香节活动，天气不好，本也想着完成任务早早打道回府，孔祥银馆长的盛情与对传统文化的志趣却令我有了意外之喜。

下午讲座后，晚餐开始，席间大家讨论西江文化、肇庆风物，相谈甚欢。餐毕，孔馆长神秘地说，带你去一处好地方。车子左弯右拐，很快来到一处大宅院前，拍门良久，一位长者开门引我们进去。夜色昏暗，门前简单地寒暄介绍，这位正是梁弘健先生。端州本土的国家级制砚大家，书画家，致力于倡导传统中国文人的审美模式，他将诗书画的文人审美融入端砚之中，所制的"文人砚"独具品格与气韵——此便是我之前对弘健先生仅有的一点儿肤浅的认知。

跟随先生穿过长长的院落，走进一栋小楼，直至落座后才在灯光下看清先生的眉目相貌，平和自然，稳而厚，很亲切。环顾四周，既是会客厅又是作品陈列室，砚、书、画、茶，满室清雅，室外的大庭院树影婆娑，夜色下树叶花草被雨水冲刷得亮晶晶。

话题自然从面前几上摆着的数十方砚台开始。细细看去，老坑宋坑仔坑的石材倒也罢了，惊艳的是那砚上春秋：山水田园、昆虫花鸟、隐者雅士，观云、赏竹、品梅……我不懂行道，嘴上说不出玄机，但心里就是觉得好，一眼就爱上了！先生的砚那是真雅致！每方砚的构图都清逸简洁：人物悠游自在，虫鸟妙趣轻灵，山水冲淡写意，有几方还题有诗词。一下子明白，这可不是"文人砚"吗？传统诗词画印入砚，跃然石上，浑然天成。若是没有传统诗词歌赋的浸淫滋养，或是没有极高的书画造诣，抑或是没有超然旷达的审美志趣，是断断制不出这样的砚的。对中国传统文化的种种，深刻而独特的认识与思考，自一方石砚中流淌与表达出来，砚已不是砚，是极为丰盛的文化载体了。

　　接过先生递过来的厚厚一册《弘健砚艺》，再次被折服。画册装帧排列清雅之至，每一方砚的图片都极具美感，每一页都有大量的留白，除了几篇必要的品赏文字外，近三百页的册子全部都是砚的图片，用宣纸拓的砚印像极了水墨画，甚至美过砚台本身。真是很奇妙，砚台本是立体的雕刻之物，若平面化了，按理说视觉效果会大打折扣的，但画册中的作品图片却件件传神，不仅没有失色反而独具韵味。我想这可能也正是印证了"文人砚"的特色与艺术魅力吧，其本身就像一幅画啊。翻到那方"荷塘绿了累蜻蜓"与"风微涟漪动"的图片时，看到蜻蜓翅膀上细微的纹理，甚至感觉它在扇抖着，美到令人感动。

　　审美的味觉打开，接下来是一场视觉与精神的盛宴，从砚转到先生的画，再到字。

　　墙上挂着大尺幅的山水，小写意，也有扇面，可以看出这是先生制砚的艺术根基。先生推崇传统文人画，山水花鸟无不透着中国画的那股神韵，看似闲云出岫，自在卷舒，无心自达，却是火候拿捏，功力非凡。先生谈到西画与中国画，是两种完全不同的审美体系，中国画的妙处就在意趣上，认为没有必要非借鉴西方，中西结合不一定和谐。这点我非常认同，中国画有着深藏于画中的东西，所谓写意、讲气韵，画中透着人生态度，至美之境乃美中太极，"其大无外，其小无内"。

字画看得开心，兴之所至，茶过几道，先生兴冲冲找出他做的陶艺来，讲起在美国制陶的故事，完全是无心插柳却也自有所成。艺术是相通的，书画了得的弘健先生制起陶来自然信手拈来。先生说起"乐陶"的概念，令我想起日本著名的"乐烧窑"，那是日本茶道的一支，千利休派最经典的陶制茶器。"乐烧窑"一年只烧两三次，每年茶碗产量不超过三十只，每一只都凝聚了烧制者那时那刻的人生状态与感悟，独一无二不可复制。这种随机，人与器物，人与艺术合一的精神，我想与先生所说的"乐陶"应是如出一辙的吧。

窗下放一把古琴，怕贵重，没敢触碰。心中暗想，在这书画茶香中，若有人抚琴而歌，将是何等风雅的事情！一向觉得古筝明亮，可以悦人；古琴哀怨，可以抒怀；书画挥洒，可以静心。弘健先生这里真是宝地，若是换了古人，雨夜，文人雅士同聚一室，琴棋书画，将是怎样赏心悦目的场景？

我接触艺术家的经验实在有限，记得多年前住在天河，机缘巧合，与湘籍国画家杨福音先生做了邻居。福音先生的画好文也好，他的画也是讲意趣求格调，空灵幽远，一派周庄笔调；散文写得有情有趣，喜气洋洋。在作为近邻的接触中，对福音先生身上那种浓浓的湘人风范印象深刻，平实得有股子霸气，神清气爽，吃得苦耐得烦。同为深受中国传统文化熏陶有着浓厚文人气质的画家艺术家，同是家学渊源，眼前的弘健先生完全是另一番气象，平和舒展，淡定超然，娓娓而谈。南粤的艺术家身上自有一种山高皇帝远的悠游，对自我的认知与艺术的追求更接近自然的状态，因此也更放松。不得不叹服这一方水土。两种风格我都喜欢，真名士自风流，不矫情不刻意，人生与艺术、地域与文化，不同的碰撞，自然地生出奇妙的果实，叹为观止。

可惜夜深了，我们起身告辞，心底里是意犹未尽的。真心感谢孔馆长，以这样的方式帮助我完成了一次对端州文化底蕴、文化特质的扫盲，另辟蹊径地体会了一回这座文化名城的艺术魅力，快捷而有效，深刻而震撼。

雨一直在淅淅沥沥地下个不停，此时倒觉着这雨这天色格外合时宜，与弘健先生的缘分也许还会再续吧？

河北的一间房与河南的一张床

老广州都知道一句老话，叫"宁要河北一张床，不要河南一间房"。河南河北的说法令外地人迷惑，这个河实际上指的是珠江。旧时珠江两岸来往不便，桥少，需摆渡，江北的荔湾、越秀、东山是广州城政治经济文化中心，商业繁华之地，江南即是今日海珠，聚集着最底层的劳苦大众，众多的蜑家（以船为家的渔民、水上人家）在此上岸安置，大片的农田荒地未开发，后来开办了很多有污染的工厂。这实际上与沪上的"宁要浦西一张床，不要浦东一间房"是一个逻辑。偌大的广州城，还是有很大地域差异的，当然这差异主要来自经济发展的不均衡，当然也有区间的文化差异。如果说当年的老广州看不上"河南"的穷人，那么当下广州海珠区早已大开发、繁华便利，寸土寸金，是不是没有地域歧视这一说了呢？好像是，但又显然不是。

东扩南拓的广州在版图变化上可用日新月异来形容，核心中轴线在几十年间也向东移了好几轮，西关小姐东山少爷的说辞早已追忆。天河、番禺、南沙、珠江新城，海珠、芳村、广佛边界……都是后起之秀，应该说，比起河南河北的二元对立，地域之分变得越发复杂与扑朔迷离起来。

前段时间，一篇《京城地域歧视指南》的文章被刷屏，作者白描了帝都西城的金融民工、北城的互联网码农与东城的传媒之花，当然在因拆迁而拥有数套房产的南城土著面前，一切都弱爆了。虽为调侃，却道破了伴随时代变换、产业演进的城市变迁的机理。文中说：上海的地域歧视是圆的，以人民广场为圆心，黄浦静安为半径，一层一层画同心圆，离圆心越远，被歧视程度越深；而北京的地域歧视是方的，有棱有角，线条分明，言必称东南西北。就此仔细想想，广州的所谓地域歧视板块还真有些无章法，很有点状分布的态势。

随着城市东移，河北老城区不复昔日荣光，人口老化，现代气息不足，但也不至凋零，自有它的历史文化优势，特别是教育与医疗。教育是需要时间积淀的，十年可以农田上崛起个珠江新城，但速成不了一所百年老校。广州中小学名校高度集中在老东山与越秀，在北京的学区房炒上天的当下，广州虽说还算克制，但也是能与本城新贵拼一下的。而老东山新河浦一带、农林路一带隐匿着许多有根基的人家，从祖上传下来的深宅大院甚是低调，大隐隐于市。然而，即使是东山越秀也是复杂而丰富的，比如同样是越秀，以越秀中路为界，过了大东门靠东往较场东，迎面浓浓的市井气息，而大东门以西往番禺学宫（今农讲所）至文德路，书院遗迹、南越王宫遗址、文房四宝，明显的文化氛围更浓，文德路至北京路区域则商业味十足。盖因这大东门是千年古城的东城门，古时出了此门便是郊野，现较场东路是古时城门外的刑场，现中山三路一带多做棺材殓葬生意，三教九流聚集。而另一边的西关，出了西门口的十三行盛景不再，但商业传统遗存仍浓，各类专业市场小商品集市云集。历史真是神奇，千百年过去，有些特质就是这么顽强地传承了下来。也正因着广州城区在不断扩张的过程中，最初并未能连成一片，东山与天河间隔着个杨箕村，天河与海珠间隔着个猎德村……遂形成一些相对分割的点状的核心区，自成体系。加上特殊的地理环境，珠江两岸、白云山麓自然形成区间的核心带，也就造就了广州的东西南北各有长短，去中心化的更多元的复杂景象。

当然，如今最风光的当属城中新贵板块，以花城广场、"小蛮腰"（广州塔）为中轴线，珠江新城CBD无疑汇聚了最高大上的企业、机构与人群，光鲜亮丽，豪气冲天，名盘林立。亲眼见证它十年间拔地而起的奇迹，感叹之余也有些忧虑，我常在珠江新城迷路，它的路名格局实在是带着深深的大干快上的简单粗暴。可喜的是，猎德村的土豪们显然比北京南城土著更硬气，除了有很多套房，他们毕竟身处新板块，未被隔绝，融为一体。

地铁是串起各个核心带的一条线，往南番禺、南沙，往西佛山，往北花都、清远、从化，往东增城、萝岗，城外郊区别墅，成为有钱人度假新住处，隐而不彰。

于是，我们看到的广州城，年轻人奋斗在东城，老年人留守在老城，外来人打拼在全城，成功者驻扎在新城，当下是珠江新城，未来还有更新的城。珠江已不是屏障，地域也无所谓高下，放却不安与充满幻灭的焦虑，你有你的一间房，我有我的一张床，各自相安，没什么好纠结。